나무늘보처럼,
슬렁슬렁

나무늘보처럼, 슬렁슬렁

느리지만 단단해질 나를 위한 에세이

비하인드 지음

미래시간

16년간 곁을 지켜준 소중한 반려견 꼬맹이를 추억하며

한창 이 책의 출간 작업을 마무리 하던 중에 16년 동안 가족이었던 반려견이 갑작스레 무지개다리를 건넜다. 나 자신의 일부가 그 녀석과 함께 죽어버린 듯한 우울감과 상실감에 아무것도 할 수 없었고 그 결과 책은 원래 출간 기한보다 훨씬 늦어지고 말았다. 그리고 사랑하는 반려견을 잃고 나서야 깨달은 것들이 있어 이 책은 원래 기획의도와 느낌에서 또 많은 부분이 달라지게 되었다.

스티브 잡스가 암 투병을 하고 스탠포드 대학 졸업 축하 연설문에서도 비슷한 말을 했었는데 반려견을 떠나보내며 내가 깨달은 것 또한 죽음 앞에서는 아무것도 중요치 않다는 것이다. 돈도, 명예도, 직업도, 가족도 그 어떤 것도 죽음 앞에서는 그 의미를 상실한다. 이는 거꾸로 뒤집으면 죽음이 정해져 있기에 우리 삶은 매 순간이 중요하고 그 나름의 의미와 가치가 있다는 말이 된다.

학창시절 흔한 문학소녀 중 한 명이었던 나는 어쩌다 자기계발서 작가가 되어 잘 먹고 잘사는 법, 성공하는 법에 관한 글을 쓰게 되었다. 그런데 이제와 보니 삶에서 중요한 것은 부자가 되고 이름을 날리는 일이 아니었다. 나의 개와 함께하는 일상적인 순간이 지금 생각해 보면 그 어떤 순간보다 행복했다. 태어나는 순간부터 죽음으로의 여정인, 허무하기까지 한 인생이기에 우리의 삶은 매 순간이 보석처럼 반짝이고 있는 것이다. 화려한 인생역전의 스토리 없이도 말이다.

그러니 독자님들은 자신을 소진하지 말았으면 좋겠다. 나무늘보는 '지속가능한 성장'의 상징이다. 슬렁슬렁, 힘들면 쉬고, 졸리면 한숨 잔 다음에 하자. 먼 곳에서 행복을 찾느라 지친 분들에게 나의 개인적인 이야기들이 조금이나마 공감과 위로를 줄 수 있으면 좋겠다.

2015년 봄.

비하인드

차 례

2. 있는 그대로의 너, 나, 우리

3. 나무늘보처럼, 슬렁슬렁

1. 행복의 민낯

"사는 게 정말 즐거워 미치겠네."
— 우스타 코스케, 《삐리리 불어봐 재규어》 중에서

행복의 민낯

내가 글쓰기를 시작한 건 대략 2010년에 출판되어 아직도 1쇄를 달리고 있는 첫 책이 나오기 3년 전쯤부터다.

2015년인 올해가 나이 마흔 하나니까 2007년, 33살부터 글쓰기를 했다는 계산이다. 지금 8년차 글쟁이이자 1인 출판사의 편집자이자, 대표이자, 회계이자, 영업사원이다. 1인 여러 역을 해야 하는 처지라 작가라기보다는 '잡가'라는 표현이 더 맞겠다.

더 소상히 하면 나이 마흔 하나, 7년 사귄 연인과 같이 살다 지난 가을 늦은 결혼식을 올렸고, 인천 공항 근처의 한 아파트를 사무실 겸으로 빌려 살고 있다. 월수입은 들쭉날쭉하다. 잘 버는 달은 월급쟁이보다 조금 낫고 못 버는 달은 라면만 먹어야 할 정도로 가난하다. 더 설명할 필요도 없이 출판시장이 엄청나게 불황인데다 위낙 영세한 사업체를 꾸리는 중이라 그렇다.

적고 보니 오늘의 내 현실은 20대에 나이 마흔엔 이런 저런 모습일 거야 내지는, 이런 모습이면 좋겠어! 라고 바랐던 것과는 꽤나 거리가 있다. 꿈꿨던 바로는 나이 마흔쯤엔 돈 잘 벌어오는 남편의 전폭적인 지원을 받으며 근사하고 안락한 이층집 서재에서 신문에 기고할 칼럼을 우아하게 퇴고하는 작가님이 되어 있어야 하는데(애들은 유학 가 있고), 흠….

서른이 되면서 나는 이상과 현실의 괴리를 좁히는 방법으로 독서를 택했다. 이상과 현실의 괴리는 그렇다 치고 내가 좋아하고 잘하는 건 무언지, 인생의 참 목적은 과연 무언지를 책에서 답을 찾아보려 했다. 그렇게 몇 년 동안 꽤 많은 책을(자기계발서 위주였다는 건 조금 아쉽지만) 읽었고, 생각을 정리하다 보니 글이 쌓이고, 거기에 공감해주는 사람이 하나둘 늘고, 그러다 보니 운 좋게 첫 책이 출판되어 나는 자기계발서 작가라는 타이틀을 얻게 되었다.

이렇게 얻어 걸리듯 뿅- 하고 작가가 되기까지는 그나마 쉬웠는데 작가가 된 다음부터는 녹록치 않았다. 자기가 믿지도 않는 내용의 책을 낸다는 건 글 쓴 사람으로서 무책임한 일인데다 그런 책은 생명력도 없는 게 당연하기에 나는 본인의 노력 여하에 따라 세상을 뜻대로 주무를 수 있다는 방법론들에 깊이 빠져 보았다. 하지만 몇 년 동안 직접 자신을 대상으로 실험한 결과는 머리부터 발끝까지 긍정의 힘으로 무장하고 노력한다고 해서 세상일이 내 뜻대로 풀린다는 보장은 어디에도 없다는 거다. 아무리 완벽하게 계획을 세워도 누가 비웃기라도 하듯 어디에선가 계획은 틀어져 일은 전혀 다른 방향으로 흘러가기 일쑤였다.

일이 잘 풀려 간다 싶을 즈음엔 새로운 고민거리가 나타났다. 마치 게임에서 불을 뿜는 용을 해치우고 좋아라 했더니 다음 스테이지에선 머리가 셋 달린 용이 나타나는 격이라고 할까.

열심히 노력해서 원하는 것을 가지고 난 후의 성취감과 희열, 행복감, 감사한 기분은 몇 주를 넘기지 못했다. 전엔 내 이름으로 책이 있다면 얼마나 좋을까! 했는데 이제는 책이 잘 팔렸으면, 책을 더 많이 냈으면, 돈도 많이 벌고 유명해졌으면…! 이런 생각들을 하고 있었다. 한 자동차 CF에서 "차를 잘 사면 10년 만족!"이라는 카피를 본 적 있는데, 솔직히 요즘 10년씩 차 타다가 바꾸는 사람이 어디 흔한가. 대부분 그 전에 갈아탄다. 노트북이나 스마트폰은 말할 것도 없고.

원하는 걸 얻기 전에는 그것만 얻으면 내 인생이 완벽해지고 행복할 것 같지만 이내 그보다 더 큰 것을 원하게 되고 그걸 갖기 위해 또 노력하고 이루면 좋다고 소고기 사먹고 또 힘을 내어 노력하고(개그콘서트에 〈어르신〉이라는 코너에서 유행했던 대사다)….

그리하여 나는 나를 포함한 수많은 현대인들이 그토록 끊임없이 추구하는 행복은 조건에 달린 게 아니라 '능력'의 문제라는 결론을 내리기에 이르렀다. 행복은 소유와 성취에 달려 있지 않다. 행복하고자 마음먹으면 언제 어떤 상황에서도 행복해질 수 있다. 나아가 행복해야 한다는 강박까지 내려놓으면 삶은 더 평화로워진다.

발버둥치고, 애쓰고, 어떡하면 더 빛나고 화려한 모습으로 살 수 있을까를 고민할 때 삶은 나에게 친절하지 않았다. 아마도 내가 끊임없이 무언가를 얻어내려는 의도를 삶에 투영했기 때문일 것이다. 그렇다고 내려놓음이니 깨달음이니 하는 거창한 이야기를 하려는 건 아니다. 여전히 나는 인생이라는 학교의 학생일 뿐이니까.

"가끔 그런 생각을 해. 세상에 혹시 행복이 없는 게 아닌가?
행복이 있다고 믿으니까 행복하려 발버둥 치다가 불행해지는 것 같아.
행복이 없다고 믿으니까 오히려 편해지던데."

— 〈SNL코리아〉에서 개그맨 유세윤이 한 말

사람 낚는 강태공

스물아홉, 아홉수를 나면서 직장을 그만두고 되는 일이 하~~나도 없어 '기(氣)회로'라는 것을 배우러 다녔다(기의 흐름을 따라 자유롭게 그림을 그리는 것인데 딱 발그림체의 화풍이다). 입문해서 조금 배웠을 뿐인데 곧 바로 다음 과정이 있단다. 마스터는 그간 쌓인 업을 정리하는 차원에서 내 주변에 떠도는 억울하게 떠난 영의 천도제를 해야 한다며 제사비 명목으로 돈을 요구했다. 돈이 있었으면 고스란히 떼였겠지만 다행으로 돈이 없어서 그쯤에서 그만둘 수 있었다. 나중에 전해 들었는데 마스터라는 사람은 제자들과 돈 문제로 싸움이 나서 단체 자체가 없어졌다고 한다.

궁하고도 절박했던 때라 기회로 단체를 나온 후에도 타로점도 수시로 보고 무당을 찾아가서 굿도 했다. 타로점이야 푼돈이었지만 굿은 당시에도 거금이었던 300만 원을 들여서 했는데, 그 돈으로 삼성 주식을 샀으면 지금 훨씬 잘 먹고 잘 살지 않았을까.

사람 마음이 그렇다. 일이 잘 안 풀리면 그만둘 생각을 하기는커녕 돈과 시간을 배로 쏟아가며 망가진 일을 복구하려고 애쓴다. 그러고도 원하는 결과가 안 나오면 이윽고 완전한 절망의 구렁텅이에 빠진다. 이렇게까지 잘 안 되는 걸 보니 나한테 문제가 있나 보다…. 이때를 놓치지 않고 네 정성이 부족한 탓이라며 책임을 전가하려는 사기꾼도 있을 테고.

사기꾼의 특징은 그건 이래서 이렇구, 저건 저래서 그렇구, 블라블라블라블라 수많은 이유와 설명이 늘 준비되어 있다는 거다. 사람의 심리에는 맹점이 있다. 못 알아먹는 말을 하는 상대방을 보면 뭔가 논리적인데? 전문적이고 맞는 말을 하는 같은데? 착각에 빠지는 점이다. 실은 그 반대다. 자신감이 없고 확실치가 않으니 이유와 설명이 많은 것일 뿐.

핑계가 많고 설명이 많은 남자는 나를 정말로 사랑하는 사람이 아니다. 진심으로 사랑하는 사람은 눈빛 하나, 행동 하나만 봐도 알 수 있지 않은가. 다이어트도 마찬가지. 온갖 이론과 실천법이 난무하지만 많이 움직이고 적게 먹으면 성공하는 게 다이어트의 핵심인 것처럼.

　사람마다 취향과 삶의 위안을 얻는 방식은 각자 다르며 살다 보면 내 힘으로는 해결이 안 되어 외부의 힘과 지식이 필요한 순간이 분명히 있다. 그러나 내가 깨달은 행복은 하찮아 보일 만큼 기본적인 것에 있었다. 지금 내 직장, 지금 내 친구, 지금 내 연인, 지금 내 얼굴… 살아 숨 쉬는 현재, 지금 이 순간에 말이다.

　새해를 며칠 앞두고 인터넷에는 신년운세와 사주 광고가 넘쳐나고 있다. 담배나 커피 값 선에서 즐기는 정도라면 모를까, 나중에 가면 하나도 안 남을 일에 낚이는 사람들이 여전히 많은 것 같아 과거의 나를 보는 듯 안타까워 쓴다.

행복을 막는 두 가지 생각

그때 그 일은 그렇게 했어야 하지 않나…
라는 과거에 대한 후회.

내일 그 일은 또 어떻게 해나가야 할까…
라는 미래에 대한 걱정.

웰컴 투 네이처

서울 근교의 시골(?)에서 산지 3년쯤 되어 간다. 행정구역상으로는 수도권인 인천인데, 거실에서 인천 앞바다가 보이는 섬인데다 대중교통까지 불편하니 시골이라는 표현이 딱 들어맞는 동네다. 도심에 살 때와는 여러 모로 다른 점을 느끼는데, 가끔 SNS에 사진을 올리면 풍광은 좋은데 불편하지 않느냐고 물어보는 분들이 있다. 요즘 트렌드 중의 하나가 귀농, 귀촌이라 한적한 곳의 삶을 궁금해하는 분들이 많은 것 같다.

도시를 벗어난 후 가장 큰 변화는 날씨 영향에 민감해진 것이다. 도심에 살았을 때는 날씨에 둔감했다. 밖이 아무리 춥고 더워도 난방이나 냉방이 잘 되는 실내에서 보내는 시간이 압도적으로 많으니까. 분명 도심과 다를 바 없는 아파트인데, 이곳에선 태풍이 불거나 비가 오거나 날이 흐리면 보이는 풍경의 인상이 180도 변하고, 집안 공기의 습도조차 급격히 달라진다. 날씨가 궂으면 꼭 나가야 할 일이 아닌 이상은 밖에 나가는 일 자체를 삼가게 된다.

날씨와 더불어 또 다른 변화가 있다. 희한하게도 도심에서 조금 멀어졌을 뿐인데 내가 그동안 참 허황되게 살았구나 하는 반성이 생기더라는 점. 도심처럼 인공미가 넘치는 환경에선 무엇이든 가질 수 있고, 원하는 건 뭐든 될 수 있다는 생각이 자연스러웠다. 그리고 그런 일들을 가능케 하는 만능의 도구로 오직 '돈'만 존재할 뿐이었다. 내 불행의 모든 원인은 돈에서 비롯하는 것 같았고 돈만 있으면, 돈만 있으면… 하는 말은 늘 혀끝에 매달려 있었다(습관화된 이 말은 지금도 종종 튀어나온다).

돈에 대한 걱정과 불안증은 현재진행형이지만, 그로 인해 주변에 히스테리를 부리는 발작(?) 횟수는 예전보다 줄었다. 내 마음대로 할 수 있는 일이 실제론 그리 많지 않다는 걸 알게 되면서부터였을까? 거대한 자연 앞에서는 자신이 얼마나 나약하고 비루한 존재인지를 여실히 깨닫는다. 놀러가기로 한 날 아침부터 내리는 비도 어쩌지 못하면서 사람은 자기가 전능한 신인 척, 오만을 떨며 착각하고 살 때가 얼마나 많은가.

사람은 자기가 가장 자주, 많이 보는 대상을 닮아간다고 한다. 복합쇼핑몰에서 파스타를 먹고, 스타벅스에서 마키아토를 마시고, 명품 숍이 가득한 거리를 매일 오가는 사람은 그 화려함과 욕망을 닮아갈 것이다. 반대로 바다와 숲과 하늘을 매일 보는 사람은 넉넉함과 관대함을 닮아갈 것이고. 가지고 싶은 것에 안달이 나고 못 가져서 울화통이 터지고 내 삶은 왜 이것 밖에 안 될까 지친다면 얼마간이라도 자연만 보고 느끼고 경험하는 곳으로 떠나보는 게 좋겠다.

　덧, 사람은 적응의 동물이라 시골에서의 생활도 곧 익숙해진다는 점이니 오래 머물면 어디나 다 똑같다는 사실은 염두에 두어야 한다. 나는 거의 적응이 끝나가 더 깊은 두메산골로 가야 할지도 모르겠다.

행복과 고통은 거의 같은 비율로 얻는 것이 삶의 본질이다.
만일 지금 고통에 처해 있다면
이것은 우리가 전에 받거나 잃은 행복 때문이다.
행복은 고통의 끝이 아니고
고통은 행복의 끝이 아니다.
우리는 우리의 삶을 통해서
이 순환을 돌고 있을 뿐이다.

— 아잔 차, 태국의 승려

자유롭게 살기를 원한다면

　　스무 살 무렵의 나는 지금과는 비교조차 할 수 없을 정도로 휘어어어어얼씬 날씬했는데도 다이어트 때문에 늘 노심초사였다.

　　그때는(1990년대 초) 늙는다는 건 싫지만 내가 사오십 대 아줌마가 되면 다이어트에 관한 압박에서 어느 정도 자유롭겠거니, 기대도 했다. 애 둘쯤 낳은 아줌마에게 날렵한 몸매와 세련된 옷차림을 기대하는 사회 분위기는 아니었으니 말이다. 나이를 먹으면 모든 게 좀 더 편해지지 않을까? 했던 기억이 난다.

　　그런데 웬걸.

　　2015년 현재, 대체 아기는 누가 낳았는지 날씬하다 못해 빼빼 마른 엄마들이 대세가 되고 애 낳고 살림하느라 푹 퍼졌다는 변명이

통하지 않는 사회가 되었다. 솔직히 20대에야 몇 밤 굶으면 살이 쑥
쑥 빠지기도 했지만, 30대 중반 이후에는 물만 먹어도 살이 찐다는
말이 실감이 가기 시작했는데 사람들은 이제 김성령, 김희애 등을
들면서 비교를 한다. ㅋㅋ

　이제야 나는 안다.

　시간이 지나면 사정이 나아지는 것들이 분명 있으나 사람들의
기대와 시선으로부터 자유로워지길 원한다면, "내가 그러기로 마음
먹은 지금 이 순간부터" 해야 한다는 것을.

안경을 벗으면 귀가 어두워진다?

지금은 라식 수술 덕에 안경 없이 지내지만, 초등학교 4학년 때부터 대학 4학년까지 계속 안경을 쓰고 지내서 그 불편함이 어떤 건지 생생히 기억하고 있다. 안경을 써본 사람들은 에피소드가 제법 많을 텐데, 나의 기억나는 에피소드 중 하나는 귀는 멀쩡한데 안경을 벗으면 상대방의 말을 잘 못 알아듣게 되는 기현상이었다. 이상하다??? 안경을 벗었을 뿐인데 왜 귀가 잘 안 들릴까?

나중에야 사람의 의사소통은 언어적인 부분이 30%, 언어 외적인 부분이 70%이기 때문이라는 걸 알았는데 늘 하는 생각이지만 어떤 현상을 세부적으로 볼 때와 전체를 놓고 볼 때의 결론은 정말 많이 다른 것 같다.

연애 책 한 권을 내면서 연애 때문에 고민하는 이들의 상담을 종종 해주게 되었는데 남자 때문에 스트레스 받는다고 하면 꼭 물어보는 게 있다.

"그럼 남자 문제 빼고 다른 건 다 만족스러워요? 원하는 만큼 돈도 있고 직업도 안정적이고 인간관계도 원만하고 외모에도 자신 있어요?"

질문을 받는 상대방은 자기가 듣기를 기대한 조언이 아니라서 이게 웬 자다 봉창이냐 하다가 퍼뜩 정신을 차리고는, "아, 남자 문제만이 아니고요. 생각해 보니 다른 것도 문제가 많네요." 한다.

생각이 한 곳에 붙잡혀 있을 때 시야를 좀 넓혀 보라는 뜻에서 이런 질문을 하곤 한다. 현재 자기 힘으로 어쩔 수 없는 남자 문제는 당분간 접어두고 외모를 가꾸는 데 전념한다든지, 자격증 공부에 집중한다든지 하면 그 사이 신기하게도 남자 문제가 저절로 해결되는 경우가 많다. 바꿔 말하면 연애 문제의 해결책을 꼭 연애적인(?) 데서만 찾을 게 아니라는 거다. 삶의 다른 부분도 비슷한데 예컨대 돈이 문제라면 연애를 통해서 돈 문제를 해결할 수도 있다(부자 남자한테 시집가기^^;).

연애 때문에 머리를 싸매고 고민하던 시절, 연애지침서를 열권 스무 권씩 독파하고는 했는데 이때 읽은 책들이 나중에 직장에서 인간관계 문제로 고민할 때 적잖은 도움이 되어주었다. 연애지침서에 보면 남자의 일반적인 성향에 관한 분석들이 많은데 그 지식들을 차근히 활용하자 직장의 절반 이상인 남자 동료들과의 관계가 한결 편해지는 거였다. 나아가 아버지와의 관계도 좋아지고 직장에서 상사와도 좋아지는 걸 확실히 경험했다. 내가 연애하자는 것도 아닌데 왜? 하는 건 고정관념이다. 넓게 보면 연애는 인간관계 안에 포함되기 때문에 통하는 부분이 반드시 있기 마련이다.

문제가 생기면 우리는 그 문제의 해결책을 열심히 찾는다. 하지만 안경을 벗었는데 말소리가 잘 안 들린다고 귀가 어두워진 건 아니듯, 지금 고수하고 있는 그 방법이 진짜 해결책일 가능성은 상당히 낮다. 영어점수가 모자라서 취업이 안 되나봐. 영어점수 더 올려야지.

글쎄? 취업이 안 되는 이유가 정말 영어점수 때문일까?

내가 뚱뚱해서 차였나봐. 살을 빼서 그를 되찾아야지….

헤어짐의 이유는 그것이 아닐 확률이 더 높다.

이것만 하면 행복해질 거야. 나는 이것만 하면….

글쎄다.

그전에 먼저 행복해지면 어떨까?

나 아니면 안 될 거라는 환상

인터넷에 글을 쓰는 시간이 늘어나면서 그 글들이 모여 처음 책으로 나올 즈음 나는 희망에 부풀어 있었다. 잘 쓴다, 공감 간다, 멋지다는 댓글들이 많아서 책을 내기만 하면 호응을 보내준 그 많은 사람들이 다 내 책을 한 권씩 사서 봐줄 줄 알았다.

"가만 있자, 이웃이 몇 명인데 그 사람들이 한 권씩만 책을 사주면⋯ 옳거니! 베스트셀러 작가 되는 거 별로 어렵지 않겠는 걸?"

지금 와 하는 말이지만 그때의 나는 얼마나 나이브한 생각에 빠져 있었는지. ^^ 책을 내고 보니 내 글에 좋다 멋지다 공감 간다고 말하던 사람들의 숫자와 팔리는 책의 숫자는 현격한 차이가 있었다. 책이 팔리는 비중을 대략적으로 계산하자면 블로그에 100명이

오면 그 중 10명이 관심을 갖고 그 중 1명이 책을 볼까… 고민하는 정도다. 안다. 책은 치약이나 칫솔처럼 없으면 불편해서 당장 사야 하는 물건이 아니니까 그렇다는 걸. 나도 인터넷 서점 장바구니에 열 권, 스무 권씩 책을 담지만 매번 그 책들을 다 결제하지는 않는다. 이번 주에 못 읽으면 다음 주에 읽어도 되고 아님 조금 번거로워도 빌려 읽으면 되지 하니까.

정작 하려는 이야기는 책 팔리는 이야기가 아니고 창업을 할 때 흔한 착각에 대해서다. 자기가 회사에 몸담았을 때 여러 거래처 앞에 갑 행세했던 것만 기억하고, "와— 내가 창업을 하면 대박이 나겠지?" 착각하는데 절대 그렇지 않다는 거다. 회사에 있을 때 철마다 안부 묻고 밥 사고 선물 보내던 사람들, 창업한 후에는 나 몰라라 하거나 연락 끊는 비율이 훨씬 높다. 회사라는 조직을 배경으로 둔 신분일 때와, 혈혈단신 자영업자의 신분은 분명 다르다. 자기가 회사에서 어떤 직함이었다는 것만 믿고 하는 창업은 망하는 지름길이다.

예전에 회사를 그만둘 즈음, 엄밀하게는 그만두는 게 아니고 잘리는 거였는데 속으로 별의별 욕을 다했다. 확신했다. 내가 이렇게 중요한 일을 맡고 있는데, 그 저자는 나 아니면 관리 안 되는데, 어디 책 잘 나오나 보자! 나 같은 인재를 못 알아보고!!!

그리고 그만둔 회사를 예의 주시했지만 예상한 대혼란은 어디에도 발생하지 않았다. 내 담당이었던 저자는 담당 편집자가 바뀌어도 왜 바뀌었냐고 한 번 묻지도 않더라고 했다. 회사는 오히려 내가 있을 때보다 더 잘 돌아가는 것 같았고, 그 안에 있는 사람들은 여전히 자기들끼리 잘 지내는 듯 보였다. 나의 부재에 대한 아쉬움은 눈곱만큼도 없이. 나는 그때 이 거대한 사회에서 나라는 존재는 영화 〈모던 타임스〉에 묘사된 것처럼 아주 작은 나사못조차도 안 된다는 걸 뼈저리게 느꼈다. 사회를 왜 비정하다고 하는지 그제야 실감한 것이다. 일자리가 부족하다 보니 내 자리를 대신할 후보자들은 언제나 '상시 대기 중'이었다.

나 없으면 일 안 될 걸? 나 아니면 이 회사 힘들어질걸? 얼마나 얄팍하고 세상물정 모르는 자만이었는지….

회사만이 아니다. 예를 들어 연인한테 차였다. "그래, 어디 나 없이 얼마나 잘 먹고 잘 사는지 보자!" 하기 쉬운데 상대방은 실제로 아무 지장 없이 잘 먹고 잘 산다. 심지어 다른 사람도 만나고 할 거 다한다. 죄책감? 미안함? 며칠이면 끝난다. 나에게는 그가 온 세상이며 전부인데, 그에게 나는 대체 가능한 소모품에 불과했다는 사실이 어떤 참담함으로 다가오는지 경험한 사람들은 알려나.

하고 싶은 말은, '나 아니면 안 돼'라는 환상에서 깨어날 필요가 있다는 것이다. 그 환상에서 깬 다음 나는 현실을 바로 보게 되었고 삶은 조금 여유로워졌다. 누구한테 거절을 당해도 "이런 대단한 나를 몰라보고~~~~~노엽다!!! 죽을래?"가 아니라 "그럴 수도 있지, 나 비슷한 사람은 얼마든지 있으니까." 하고 넘길 수 있었다. 특히 예술 계통에 종사하는 사람에게는 알게 모르게 나는 특별해! 라는 프라이드가 있는데 고만고만한 실력자는 얼마든지 대기 중임을 기억하면 스스로 게을러지는 걸 방지할 수 있다.

　　이야기를 뒤집어 "너 아니면 안 돼!"도 그저 깨야 할 환상일 뿐임을 짐작할 수 있을 것이고….

세상살이에 곤란함이 없기를 바라지 말라.
세상살이에 곤란함이 없으면
업신여기는 마음과 사치한 마음이 생기나니,
그래서 성인이 말씀하시되
"근심과 곤란으로써 세상을 살아가라" 하셨느니라.

—《보왕삼매론》 중에서

※ 보왕삼매론(寶王三昧論) : 중국 원나라 말기부터 명나라 초기에 걸쳐 중생을 크게 교화하였던 묘협스님의 저서인 〈보왕삼매염불직지〉 총 22편 중 제 17편 "십대애행"에 나오는 구절을 가려 뽑아 엮은 글이다.

제발 그들이 돈을 쓰게 내버려두세요

지난해, 봄부터 매매를 내놓았던 일산의 집이 팔렸다.

계약서에 도장을 찍는 날 새로 집주인이 될 분을 만났다. 허름한 옷차림의 어르신이었는데 무려 산을 팔고 남는 돈으로 아파트 월세를 받을 요량이라고 하셨다. 돈이 많은 분이었던 거다(그래도 내가 받고 싶은 금액에서 200만 원 깎으셨음. 흑).

덕분에 나는 갑자기 현금이 생겨 기분이 아주 좋아졌다. 호텔가서 밥도 먹고 추석이니까 부모님 용돈도 넉넉히 드렸다. 엄마도 간만에 받은 용돈으로 이것저것 쇼핑하느라 즐거웠다고 하셨다. 가만 있자, 그리고 보니 부자 한 사람이 지갑을 연 덕에 여러 사람이 즐거워지고 있네? 나, 부모님, 부모님이 물건을 구매한 업체의 사장, 부동산 중개업소 사장님, 중개업소 사장님 아들, 내가 묵은 호텔 사장… 이 얼마나 많은 사람에게 복을 베푼 일인가?

부자들의 쓰임새에 대해선 돈지랄이라는 등의 곱지 않은 시선이 일반적이다. 우리 사회에서 존경받는 노블리스 오블리주를 찾아보기 힘들기 때문일 것이다. 그럼에도 나는 주장한다. 돈 있는 사람은 쓰게 내버려두는 게 낫다.

가난한 사람 혹은 보통 사람의 소비와 부자의 소비를 똑같은 기준으로 볼 수는 없다. 그들이 돈을 쓰는데 도덕적인 잣대를 들이대서 귀찮고 불편하게 할 게 아니라 맘 놓고 펑펑 쓸 수 있게 해줘야 한다. 그래야 그 부자 주변의 사람들에게 부자의 돈이 직간접으로라도 돌아갈 수 있다. 사촌이 땅을 사면 마냥 배 아파할 게 아니라 땅 사서 잘 됐을 경우 나한테 돌아올 콩고물은 없을지 기대하는 게 이득 아닐까?

우리는 비교하는 문화에 너무 익숙해진 터라 자신만의 가치가 주는 절대적 행복(나에게만 행복한 것, 예를 들면 12월 24일의 실내수영장)보다, 보편적 가치에서 찾을 수 있는 상대적 행복(명품 가방)을 진짜 행복이라고 착각하는 경향이 있다. 자신이 올라가는 노력을 하기보다 남을 끌어내리려는 유혹에 쉽게 무너지는 것이다.

행복한 사람을 보면 나도 노력해서 행복해지겠다 마음먹기 전에 어떻게 저 행복에 흠집을 내나 골몰하고 있지는 않은가? 제발 그들이 돈을 쓸 수 있도록, 열폭하지 말고(핵심은 이거다) 내버려두자. 남이 불행해진다고 내가 저절로 행복해지는 건 아니다.

거지가 부러워하는 사람은 부자가 아니다.
좀 더 형편이 나은 다른 거지다.

— 버트런드 러셀, 철학자

코스모스, 우주의 먼지

나는 이해도, 학업성취도와 관계없이 우주의 신비를 다룬 프로그램을 즐겨보는 편이다. 대표적으로 다큐멘터리 〈코스모스〉 같은 프로그램 말이다. 코스모스는 칼 세이건을 빼놓고 생각하기 힘들지만, 새롭게 만들어진 2014년 버전의 코스모스도 아주 좋았다. 무엇보다 그래픽이 화려해져서 볼만했다. 나 같은 과학 문외한도 충분히 이해할 수 있을 만큼 내용도 쉽다.

우주에 관련된 프로그램을 볼 때면 늘 생각한다. 이 드넓다고 표현하기도 벅찬 광대한 우주에, 나라는 인간은 얼마나 작은 우주 먼지(실질적으로는 먼지 수준도 안 되지만) 같은 존재인가를.

특히 머릿속이 복잡하고 해결하기 어려워 보이는 문제들이 있을 때 이런 우주 프로그램을 보면 마음이 정돈되곤 한다. 상대적으로 너무나 넓은 우주에 비하면 먼지만도 못한 나의 고민이 얼마나 부질없게 느껴지는지, 훗-

또 누군가에게 열등감을 느낄 때도 탁월한 진정 효과가 있다. 예 건대 우주적 관점에서 보면 이건희 할배라도 나보다 조금(?) 더 돈이 많은 우주 먼지일 뿐이지 않은가. 마찬가지로 나보다 얼굴이 예쁜 누군가도, 나보다 똑똑한 누군가도 관점에 따라 조금 더 예쁜 우주 먼지, 조금 더 똑똑한 우주 먼지일 뿐이니 이것 참, 우주는 인간 사회에서 구현하기 힘든 '평등'의 개념에 도달할 수 있는 이상적인 공간이기까지 하다.

잘 나갈 때도 이 광대한 우주에 먼지 수준조차 안 되는 자신을 떠올린다면 뭔가를 안다고, 뭔가를 가졌다고 떠벌리기는 어려울 것이다. 누군가와 다퉈 마음이 상한 날에는 일부러라도 더 우주 먼지인 자신을 기억하려 한다. 장구한 역사를 가진 우주에 비하면 찰나에 지나지 않는 생인데 그 소중한 시간을 싫은 감정으로 낭비한다는 건 너무나 아까운 일이잖은가.

내 눈 속의 날파리

 아버지께서 안과에 다녀오셨다. 눈앞에 자꾸 날파리가 날아다니는 것처럼 점들이 떠다니는 게 보인다고 하셨다. 이상이 있나 싶어 병원을 찾았더니 공교롭게도 질환 이름이 '비문증' – 일명 날파리증이었다 한다.

 ＊ 비문증(날파리증)

 : 비문증은 눈앞에 먼지나 벌레가 떠다니는 것처럼 느끼는 증상으로, 하나 또는 여러 개의 점이 손으로 잡으려 해도 잡히지 않고, 위를 보면 위에 있고, 우측을 보면 우측에 있는 등 시선의 방향을 바꾸면 이물질의 위치도 따라서 함께 변하는 특성을 지닌다.

아직 날파리증이 올 나이는 아니지만 아버지께서 말한 증상이 어떤 건지 대충 짐작한다. 15년 전쯤에 라식수술을 했는데 언제부턴가 신경을 쓰면 그런 점들이 보이는 것을 느꼈기 때문이다. 이 점들은 의식하면 점점 눈에 크게 들어와서 신경 끄고 지내는 중이다. 자꾸 눈앞에 어른대는 것이 성가셔 눈을 비비지만, 이 날파리들은 눈 속에서 생겨난 것이니 사라지지 않는다. 이것들이 안 보이려면 내 안구가 맑아지는 수밖에 없다.

　사람의 눈은 카메라 렌즈와 거의 유사한 구조라고 한다. 그처럼 계속 불편한 것, 부족한 면, 단점만 눈앞에 어른거린다면 내 눈 속에 날파리가 있어 사물을 그렇게 보이도록 하는 것이리라. '색안경'이라는 훌륭한 비유가 있긴 하지만 굳이 적자면 그렇다.

자존감을 높이는 빠른 방법

자존감을 높이는 가장 빠른 방법은 타인을 돕는 것이다.

나 역시 내가 세상에서 제일 불행한 인간이라고 생각했던 적 있다.

그럴 만한 계기가 생겨 주변을 둘러보게 되었을 때

내 고생은 그저 할 만한 수준의 고생임을 알았다.

데일 카네기의,

"신발이 없다고 한탄하고 있을 때,

거리에서 발이 없는 사람을 보았다."

명언이 그제야 피부에 와 닿은 것이다.

내 코가 석 자인데 누굴 돕느냐고?

나보다 어려운 사람이 없을 것 같다고?

절대 그렇지 않다.

자신이 아무리 어려운 지경에 있더라도,

어딘가에는 반드시 나보다 더 힘들고, 더 어려운 사람이 분명

있다(하다못해 길냥이도 있다).

비정한 말이 될 수도 있겠지만

타인을 도와주고, 그들이 내게 보내는 감사와 호의를 경험하면

확실히 자존감은 올라간다.

우리가 왜 지구에 태어났을까? 도 한 번 생각해 보자.

이건희 할배 같은 사람만 잘 먹고 잘 살라고

지구가 있는 건 아니다.

우주적 입장에서 보면 그처럼 낭비인 일이 또 있을까.

우리는 서로 돕고, 더불어 행복하기 위해 지구에 있다.

아줌마는 전문직

오래간만에 한의사 사모님인 친구를 만났다.

남편이 병원(개업의)에서 벌어오는 돈으로 살림하며 아들내미 둘을 키우고 있는 분당 사모님. 만나기 전에 대충 어떻게 사는지 소식을 들어 알고 있던 나는 속으로 친구를 부러워하고 있었는데, 오히려 그녀는 출판사를 하고 있다는 나의 말에 깜짝 놀라며 나를 몹시도 부러워하는 거였다. 말로만이 아니고 진심으로.

"야~ 누가 들으면 이상하다고 하겠다. 다 늦어서 결혼한데다 쬐끄만한 자영업이라 수입도 일정치 않은데 내가 부럽다고??? ㅋㅋ"

"잘 되든 안 되든 넌 네가 하고 싶은 일을 하고, 스스로 돈 벌잖니. 난 할 줄 아는 것 하나도 없는 그냥 아줌마다. 아, 잘하는 거 하나 있지. 밥하는 거."

친구는 대학교 동창인데 결혼하고 주부로만 지낸 10년 사이에 자존감이 많이 떨어진 듯 했다. 어찌된 게 지금은 각자 맡은 일을 충분히 잘 수행하고 있음에도 그 일이 당장 돈벌이와 상관이 없으면 그 사람을 백수, 혹은 그냥 아줌마라고 취급하는 경우가 많다. 한 남자의 아내로 가정경제를 꾸리고 두 아들을 잘 키워내는 일이 어째서 전문직이 아니라는 말인가.

돈벌이가 모든 가치판단의 최우선이 되어버린 것 같아 슬퍼졌다.

천직과 이상형의 공통점

친구가 물었다.

"어떻게 창업을 결심하게 됐어? 하고 싶은 일 하니까 재밌지?"

내가 말했다.

"글쎄, 나는 꼭 이 일을 해야 만 해! 나는 이 일이 천직이야! 그런 마음으로 시작한 건 아니야. 너도 알지만 나 다른 일 하다가 출판사에 늦게 취업했잖아. 몇 년 다니다 보니까 간부로 승진하지 않고는 나이에 걸려서 계속 평사원으로 있긴 어려워지더라구. 그러다 보니 등 떠밀려서 회사를 나왔는데 취업하긴 애매한 나이고, 할 줄 아는 건 출판일 밖에 없으니 일단 프리랜서로 밥벌이를 해보기로 했지.

그렇게 몇 년 프리로 지내다 보니까 좀 더 안정적으로 자리를 잡아야겠다 싶어서 창업을 하게 된 거구. 할 줄 아는 게 출판일 밖에 없어서 먹고 살아야 되니까 여기까지 왔어. 전에는 나도 창업이 대단한 일인 줄 알았는데 그냥 자기가 하는 일 계속하다 보면 어떻게든 하게 되는 거더라."

친구에게 과장 하나 없이, 있는 그대로 이야기했다. 물론 지금 내가 하는 일을 좋아하고 열심히 하려고 하지만 이것이야말로 하늘이 내려준 나의 직업! 이런 느낌은 솔직하게 말해 없다. 상황이 나를 여기로 데려왔다는 게 사실에 가깝다.

이상형에 대해서도 같다. 다른 글에서 남편을 처음 봤을 때부터 결혼하고 싶은 마음이 들었다고 썼는데, 20대 초반에 그를 만난 거라면 그렇지 않았을 것이다. 남편을 처음 만났을 때 난 33살이었고, 연애라면 할 만큼 해봐서 대충 알고 있었다. 그래서 이 남자가 결혼 상대로 적당한가 아닌가를 빨리 판단할 수 있었다. 영화에 나오는 것처럼 한눈에 미친 듯이 반한 게 아니고….

천직과 소울메이트.

이런 단어는 청춘이 듣기엔 참으로 낭만적이고 근사한 운명적인 뉘앙스를 담은 단어들이다. 나도 이 말에 매달리며 실망과 기대를 거듭한 적 많았다. 이제는 이런 것들은 어느 날 갑자기 하늘에서 뚝 떨어지는 게 아니라 주어진 환경과 현실에 잘 적응하면 자연스럽게 얻어지는 경우가 더 많다는 것을 안다. 그 자연스러운 다다름이 원래 자기의 이상과는 많이 달라도 그리 나쁘지 않다는 것도.

우리가 계획한 삶을 기꺼이 버릴 수 있을 때만
우리를 기다리고 있는 삶을 맞이할 수 있다.

— 조세프 캠벨, 신화학자

변호사의 주된 업무

한 법대 동창으로부터 신세한탄을 들었다. 법이 좋아 어렵사리 공부해서 변호사가 되었는데 변호사가 된 다음 가장 많이 하는 일은 의뢰인들의 인생 상담을 해주는 일이더라고. 동창의 말에 상황이 대충 그려졌다. 변호사를 찾아온 사람들이 먼저 하는 일은 자기의 문제와 억울함을 토로하는 것일 텐데, 일단 그 하소연을 들어줘야 소송을 하던 뭘 하던 조치를 취할 것 아닌가?

그 비슷한 심정을 첫 번째 책의 날개에 들어가는 지은이 소개에 적은 적 있다. 작가가 되려고 출판사에 취업했는데 작가 되는 것과 출판사에 취업하는 것과는 별 상관없음을 일해 본 다음에야 알았다고. 가끔 출판사에 다니면 책 내는 데 도움 되느냐고 출판사 취업문의를 하는 쪽지가 오는데 나는 아무 상관없다고, 글을 쓰고 싶으면 그냥 부지런히 글 쓰는 데만 매진하라고 권한다. 어쩌면 나도 출판사 취업을 안 했으면 좀 더 빨리 글을 쓰기 시작했을지 모르겠다. 출판사에 다니면서 편집자라는 하나의 능력을 개발하긴 했지만, 그 경력이 작가적 능력에 큰 보탬이 됐는지는 미지수다.

우리가 이상적으로 생각하고 꿈꾸는 직업의 이미지는 상당 부분은 책, 영화, 광고, TV 등의 대중매체를 통해서 접한 것들이다. 영화 〈인디아나 존스〉를 보고 고고학자가 되어야겠어! 라고 결심했던 사람들이 꽤 많을 텐데(여기 한 명 추가) 실제로 고고학자의 일은 대부분 연구실에서 작은 뼛조각 하나를 놓고 고민하는, 따분해 미칠 것 같은 시간의 연속일 것이다. 또 좋아하는 일이라도 막상 그 일이 밥벌이가 되는 순간 일에 대한 흥미는 떨어질 수밖에 없다. 취미일 땐 하고 싶으면 하고, 말고 싶으면 말 수 있지만 생계가 되는 순간부터는 억지로라도 해야 하는 상황이 생기니까.

경험상 30% 정도의 싫은 부분을 참으며 유지해나갈 정도면 그 일은 천직으로 충분하다. 상상만 하면 가슴이 두근거리고 신바람이 나는 일이라도 약 30% 비율의 싫은 부분은 반드시 존재한다. 셰프는 멋진 직업이지만 셰프의 일 가운데는 매운 마늘을 다지거나 산

처럼 쌓인 설거지, 또는 고객의 컴플레인과 맞닥뜨리는 부분도 포
함된다는 거다. 게다가 지금은 평생 한 가지 업종에만 전념하다가
생을 마감하기엔 인간의 수명이 너무 길어졌고 사회는 두려우리만
치 변화무쌍하다.

결론적으로 천직이란 말은 지나치게 이상화된 단어라는 게 나
의 생각이다.

전문가의 영업 비밀

틈틈이, 꾸준히.

심플하게 이 두 단어로 정리할 수 있을 것 같다.
문제는 대부분의 사람들은 전문가에게
남다른 성공의 비결(솔직히 말해 비법, 혹은 지름길)을
기대하기에 틈틈이, 꾸준히 하면 된다는 답을 들으면
화를 낸다는 점이다.

틈틈이 물을 마시고 꾸준히 운동하세요.
틈틈이 독서를 하면서 꾸준히 예습복습 위주로 하세요.
그럼 좋은 성적 나와요.

이런 말을 듣고 싶은 사람은 없다는 거.
틈틈이, 꾸준히를 표방하면 장사에 지장이 있기에
특별한 뭔가가 있는 것처럼 포장하지만
전문가도 알고 보면 별 게 아니라 그 일을 틈틈이,
꾸준히 해서 어느 정도 경지에 오른 사람일 뿐.

재미있는 일과 재미없는 일이라는 것은 없다.
일을 재미있게 하는 방법과 재미없게 하는 방법이 있을 뿐이다.

— 오마에 겐이치, 경제학자

담아가요~ 단상

- 담아가겠습니다.
- 퍼가요~♥
- 스크랩합니다.

　　인터넷에는 스크랩이라는 편리한 기능이 있어 괜찮다 싶으면 담아가기를 한다. 나도 한동안은 이거다 싶으면 본문 내용을 읽지도 않고 무조건 담기부터 클릭하고는 했다. 스크롤 압박이 있는 글에는 그런 경향이 더 심했는데 나중에 꼭 읽어봐야지! 라면서 담기는 했으나 퍼온 글들 모두 나중에 다시 정성들여 읽어봤다고는… 하기 어렵다. 담은 글 카테고리를 한 번씩 마음먹고 들여다보면 이런 글은 뭐 하러 퍼왔을까? 싶은 것들도 많다.

초창기의 '담아가요'는 진화하여 이제는 SNS의 '공유' 기능으로 안착한 모양새다. 공유 기능이 사람 심리를 얼마나 잘 공략했는지 나는 이걸 고안해낸 사람이 천재가 아닐까 한다. 덕분에 안 그래도 땅 덩어리 좁은 우리나라에서 가십, 소문들은 빛의 속도로 전파가 가능해졌다. 친구가 공유한 소식은 나도 모르게 궁금해져서 저절로 '소식받기'를 클릭하게 된다. 그 결과 나에겐 별로 필요도 없는 소식이 정기적으로 배달되고, 소식받기의 가짓수는 점차 늘어나고, 온갖 광고와 이벤트 홍보로 도배되는 SNS에 질려 하루는 몰아서 친구를 왕창 삭제하기도 하고… 요즘 나는 이런 일을 정기적으로 반복하는 중이다.

인터넷상에 떠도는 그 많은 좋은 글과 이미지와 음악들을 모으는 행위는 나의 보이지 않는 심리를 반영한다. 누가 새로운 제품을 샀다는 이미지와 글, 어디로 여행을 갔는데 너무 좋았더라는 소개, 후기. 그 이면에는 최신 정보를 접하지 않으면 시대에 뒤떨어지는 사람이 될 거라는 불안감이 스멀거리니까.

불안은 그렇게 욕망을 자극하고 자극받은 욕망은 다시 불안의 씨앗이 된다. 행복은 왕따 시킨 채로 불안과 욕망은 꼬리잡기 놀이를 하고 있다. 서로를 담아가고, 공유하면서.

사람들은 자기가 행복하기를 원하는 것보다
남에게 행복하게 보이기에 더 애를 쓴다.
남에게 행복하게 보이려고 애쓰지만 않는다면,
스스로 만족하기란 그리 힘 드는 일이 아니다.
남에게 행복하게 보이려는 허영심 때문에
자기 앞에 있는 진짜 행복을 놓치는 수가 많은 것이다.

— 라로슈푸코, 프랑스의 고전 작가

막다른 곳

할리우드 영화에는 살인마나 괴물에게 쫓기는 주인공이 막다른 골목이나 폐허가 된 공장 같은 장소로 도망치는 장면이 종종 나온다. 이런 설정에 익숙해진 관객은 '아니, 환하고 사람 많고 이왕이면 경찰서 가까운 곳으로 피신해야지. 누가 저런 곳으로 도망을 친담. 아무리 영화라지만. 쯧쯧.' 하며 실소를 머금기도 한다.

그런데 영화의 설정을 비웃기 어려운 건 현실에서 이런 일이 실제로 일어난다는 점이다. 사람은 싫은 일, 불행한 일이 자신을 찾아오면 그 고통을 피해 어디론가 도망칠 궁리를 하는데 시선이 자기를 쫓아오는 불운에 고정돼 있다 보니 뒷걸음질치는 형국으로 끝내는 어찌 할 도리가 전혀 없는 절벽 가장자리까지 내몰리곤 한다.

두려움은, 내가 선 자리에 미동도 않고 있으면 나에게 생채기를 낼 수는 있어도 절벽으로 밀어붙일 힘은 없다. 자신을 궁지에 몰아넣는 건 위협과 공포라기보다 스스로의 생각과 행동이다.

스노볼이 아름다울 때

영화 〈맨 인 블랙〉은 재미도 재미지만, 묘한 엔딩이 긴 여운을 주는 흔치 않은 블록버스터다. 카메라는 영화의 마지막 장면에서 우리가 머물고 있는 지구와 은하계를 벗어나 계속 줌아웃한다. 나중에 관객들은 우리가 생각하는 이 광대한 우주가 실은 어느 외계인들이 갖고 노는 구슬 속의 아주 작은 세상임을 보게 된다. 마치 스노볼 안의 난쟁이 마을과 같은.

삶은 어쩌면 스노볼을 닮은 꼴이다. 스노볼은 가만 두면 밋밋하고, 살짝 흔들어 눈을 내리게 해주면 훨씬 예쁘다. 스노볼 안에 〈맨 인 블랙〉의 엔딩처럼 작은 세상과 사람들이 존재한다면 그들은 느닷없이 세상이 뒤집어져서 눈이 펑펑 날리고, 사고가 생기는 것을 전혀 원치 않을 것이다. 밖의 누군가 보기엔 잔잔하게 가라앉아 있는 스노볼보다 눈가루들이 흩날리는 스노볼이 훨씬 보기 좋고 다이내믹하다고 여기겠지만.

삶의 터전이 금이 쩍쩍 간 빙판처럼 되는 걸까 불안에 떨지만 그 혼란은 더 나은 모습, 더 나은 조화를 찾아가는 과정 중의 한 장면일 때가 많다. 스노볼은 흔들려야 더 아름답다. 예상치 못한 일을 만나면 이렇게 자기최면을 걸어 보자….

침묵, 신이 보내는 공감

예전에 가끔 기도를 할 때 아무 대답 없는 신을 무지하게 원망하며
뭐라고 말 좀 해달라고 악다구니를 썼었다.
정말 존재하는 게 맞는다면 나타나서 뭐라도 좋으니 한 마디라도 해달라고
(나이롱 신자였기 때문에 가능한 호기였을 것이다).
이제 보니 그때 절망스러웠던 신의 침묵은 내게 보내는
신의 공감이 아니었을까? 예컨대 내가 기도를 할 때,

"사랑하는 자녀여, 그건 그게 아니구, 블라블라⋯."
"그 기도는 지금 들어줄 수 없구⋯ 왜냐하면⋯."

라고 같이 말끝마다 대꾸하는 신이라면
기도하는 사람의 마음을 헤아리기는커녕 역효과만 나지 않았을까?
그는 비판도 하지 않고, 책임감에 휘청거리지 않으며,
어떤 영향력을 행사하려고도 않는다.
마음을 온전히 털어놓을 수 있도록 신은 듣고 있다.
기도하는 사람과 침묵하는 신의 공감.
여기에서 치유가 생겨나는가 보다.

객관의 진짜 의미

나 자기가 진정 원하는 일이 뭔지 찾기 위해 34살 여자가 1년 동안 여러 가지 일에 도전한 책인데요, 번역해서 낼까말까 고민 중….

남친 (하품을 하더니)안 팔릴 것 같은데요? 자기가 하고 싶은 일이 뭔지 모르는 사람도 있나요?

나 자기는 어렸을 때부터 앞으로 뭘 하고 살지 진로가 뚜렷해서 고민을 안 했나본데~ 대부분의 사람은 어떤 직업을 가져야 할지, 고민을 많이 한다구요, 특히 2030세대는요. 나도 얼마 전까지도 고민했는데요.

남친 음 그렇군요. 나도 대략 9세 때 진로 고민을 한 적이 있는 것 같군요. 곤충학자가 될 것인가, 엔지니어가 될 것인가, 화가가 될 것인가. ^^

나 - - 결론은 이 여자가 원래 자신이 하고 싶었던 일을 찾게 된다는 훈훈한 내용이에요.

남친 그래요? 그 여자가 하고 싶었던 일은 뭔가요?

나 글 쓰는 일이요. 전업 작가.

남친 아~ 작가~ 왜 그렇게 오랫동안 헤맸대요?

나 일단 엄한 아버지의 반대에 부닥친 것도 있고, 내가 이걸 잘할 수 있나 확신도 안 생기고, 주변에서는 작가를 할 게 아니라 남자를 구해서 결혼을 하라니 고민한 거죠.

남친 왜 주변에서 하는 말을 듣고 고민을 하죠?

나 아무래도 확신이 없으니까, 그리고 주관적인 의견보다는 남의 객관적인 의견이 더 정확하지 않을까 한 거죠.

남친 객관적인 의견이 정확하다구요? 절대 그렇지 않아요. 자신에 대해 가장 잘 아는 사람은 자기 자신밖에 없다구요. 객관적이라는 말의 진짜 뜻은 관심이 없다는 말이에요. 남들은 내가 뭘 잘하고, 뭘 하고 싶어 하는지 관심이 없답니다. 대충 그러면 좋지 않을까? 라고 자기도 어디선가 들은 이야길 할 뿐이지요.

        * 괴변의 달인인 남친은 현재 남편으로 바뀌었다.

그 많던 두려움은 다 어디로 갔을까?

베스트셀러 저자가 아니다 보니 책만으로 생계 유지가 힘들어 재테크 수단으로 부동산 투자에 관심을 가지고 있다(돈이 많아서가 아니라 귀차니즘 때문이다. 묻어두면 될 거라 생각하는 안이함). 그런데 부동산에 관한 뉴스를 보면 대부분은 전망이 아주 어둡다고들 한다. 집 가진 사람들의 가슴에 대못을 박는 '조만간 폭락'이라는 주장도 심심치 않게 나온다. 과연 부동산 전망이 그렇게 어둡기만 한 걸까?

2009년 말, 신종플루가 대유행했다. 심지어 신종플루 때문에 인구의 몇 퍼센트가 감소할지도 모른다는 전망이 나오기까지 했다. 평소엔 화장실에서 볼 일 보고 손도 안 씻던 사람들까지 오나가나 손을 씻어댔고, 치료제라는 타미플루가 미친 듯이 팔렸다. 방송에서는 연일 신종플루의 위험성을 다룬 보도를 내보냈다.

지금은? 신종플루라는 게 있었는지 기억조차 희미해졌다. 신종플루의 자리는 메르스가 대체하는 중이다. 전 국민이 촛불을 들고 삼일운동처럼 방방곡곡 집회에 나섰던 미국산 수입 소 광우병 문제도 그랬다. 현재는 아무렇지 않게 미국산 소고기들이 팔려나가는 중이다. 미국산 수입소를 먹으면 사람 뇌에 구멍이 뻥뻥 뚫리는 끔찍한 병에 걸릴 줄 알고 대통령이 국민을 죽이려고 한다, 마귀, 사탄이다 라는 종교계의 평도 있었는데 말이다. 대체 그 많던 두려움들은 다 어디로 간 것일까? 그 두려움들이 과연 실체였을까?

개인적으로든 사회적으로든 이런 일은 항상 반복되어 왔다. 뭔가를 하려고 마음먹으면 그와 동시에 주변에선 상상할 수 있는 최악의 시나리오를 꺼내든다. 내가 뒤늦게 운전면허를 딴다고 하자 한 해 교통사고 사망자가 몇 명이나 되는 줄 아느냐는 사람이 있질 않나, 지구 온난화 영향으로 올 겨울에는 안 춥다 하더니만 영하권 날씨에 동파사고 속출이란다. 잘 찾으면 이런 예들이 너무 많아서 오히려 셀 수 없을 정도다.

그래, 두려움이란 그것이 실체이든 아니든 언제나 존재하기 마련이구나.

이렇게 결론이 나고서야 나는 다시 부동산 정보에 눈을 돌릴 수 있었다. 나에게는 부동산이지만 어떤 이에게는 또 다른 문제일 것이다. 어떤 일을 실행에 옮기기 전에 걱정과 두려움이 앞선다면 그 두려움이 과연 실체인지 좀 더 찬찬히 들여다보자. 어두운 방에는 불을 켜는 게 답이다.

"위험은 분명 존재하는 현실이다.
하지만 두려움을 느낄 것인가는 너의 선택이지."

— 영화 〈애프터어스〉 중에서

나는 소망한다. 내게 금지된 것을

가수 이효리가 결혼하던 2013년에 나의 제주앓이도 시작되었다.

그 해 여름, 여행을 다녀오며 제주에 푹 빠지게 되었는데 여행자로서 경험하는 제주와 생활인으로서 경험하는 제주는 차이가 하늘과 땅만큼이리라는 걸 알면서도 제주앓이는 쉽사리 잦아들 기미가 없었다. 자주 들락거리면 좀 지겨워지려나 싶어 한 달에 두 번, 많게는 세 번씩도 왔다 갔다 했는데 내려가고 싶은 마음은 여전했다. 생각다 못해 1년이고 2년이고 한번 살아보자! 결심을 했는데, 결심하는 것 자체도 쉽지 않았지만 진짜 난관은 그 다음부터였다.

가장 큰 부분은 주거, 집을 구하는 문제였다. 몇 년 사이 제주도 부동산 시세는 '폭등'이라는 표현이 정확할 정도로 껑충 뛰어올랐던 것이다. 마음에 드는 집은 비싸고 싼 집은(거의 없지만) 그럴 만한 이유가 있었다. 그동안 나는 성격(이라 쓰고 변덕이라 읽는다) 문제로 보통사람들보다 잦은 이사를 해왔기에 이사의 달인을 자처할 정도다. 그런데 장소와 형태에 상관없이 말하자면 옥탑방 월세든, 오피스텔 단기 임대든, 아파트 전세든 첫 번째로 부닥치는 장애물이 '돈'이라는 점은 한결같았고, 그 점은 늘 나의 이사를 향한 의지와 사기를 뚝뚝 꺾고는 했다.

약속이라도 한 듯 마음에 드는 집의 가격은 수중에 있는 돈을 넘어섰다. 처음엔 돈이 조금만 더 여유가 있으면 마음 편히 집을 구할 수 있을 텐데… 왜 이렇게 돈이 없을까? 왜 진작 돈을 모으지 않았을까? 좌절하고 자책도 많이 했다. 나중에야 본질은 돈이 얼마가 더 있고 없고가 아님을 알았다. 항상 수중에 있는 돈보다 비싼 가격의 집을 원하는 내 마음이 문제였다.

자기 형편에서 쉽게 얻을 수 있는 것을 간절히 원하는 사람은 없다. 바꿔 말해 쉽게 가질 수 있는 건 그 사람의 갖고 싶다는 욕망을 자극하지 못한다. 집만 그런 게 아니다. 갖고 싶은 가방은 내 월급보다 비싸고, 타고 싶은 차는 내 연수입을 훨씬 넘는다. 살고 싶은 집은 현재 벌이로는 숨만 쉬며 평생을 모아도 어림없을 것 같다. 내가 원하는 무언가를 하기에 돈은 항상 부족하다. 제아무리 돈을 많이 버는 사람이라도 그 사람이 갖고 싶은 건 항상 그의 수입보다 더 값나가는 것이 이치이다. 이쯤에서 양귀자 님의 소설 제목이 스쳐 지난다.《나는 소망한다, 내게 금지된 것을》.

　무언가 안타깝도록, 잠을 설치도록, 애간장이 녹아나도록 갖고 싶은 건 자신의 능력이 부족함과는 상관없다. 적금을 들어서라도 사고야 말테야! 해도 적금을 찾을 즈음엔 이자까지 몽땅 찾은 그 적금보다도 비싼 뭔가가 나를 유혹할 테니까. 그래서 돈은 항상 부족한 것이다. 한 달에 50만 원을 벌든 500만 원을 벌든.

불안은…

바퀴벌레와 같다.
내가 태어나기 전에도 있었고,
내가 죽은 다음에도 있을 것이며,
지구가 멸망해도 불안만큼은 건재하여
나의 후손들을 괴롭힐 것이다.

진짜와 가짜

제주 공항 면세점을 어슬렁거리다 액세서리를 파는 곳에 들렀다. 엄마 반지를 하나 선물해 드릴까 살피다 깜짝 놀랐다. 내 결혼반지보다 훨씬 알도 굵고(!) 반짝임도 남다른 반지를 발견했는데 98,000원이라는 아주 착한 가격표를 달고 있는 거였다.

직원에게 물으니 알은 큐빅이고 틀은 은으로 된 제품이라고 했다. 그렇겠지 싶으면서도 얼마나 탐스럽게 반짝이던지 내 손에 낀 3부 조금 넘는 진짜 다이아 반지가 초라해 보일 정도였다. 그 순간 군이 비싼 돈을 주고 다이아를 구입한 것에 약간의 후회가 생겼다. 내 결혼반지가 다이아라는 건 나만 아는 사실이고, 나에게만 의미가 있다. 어차피 보통 사람은 작정하고 들여다보지 않는 한 다이아몬드인지 큐빅인지 구별하기 힘들 것이다.

다이아몬드는 영원하다니까~ 라는 나의 의미부여는 남아프리카에서 노동력을 착취하고 있는 거대 다이아몬드 기업의 말장난에 놀아난 건 아니었을까?

애니메이션 〈쿵푸 팬더〉에서 주인공 포의 아버지는 특별한 맛을 내는 국수의 비밀 재료는 사실은 없다고, 그저 자기가 특별하다고 믿는 게 전부라고 했다. 그처럼 큐빅 반지라도 소중한 사람이 깊은 뜻을 담아 전달했다면 그 가치는 다이아 반지와 비교하기 어려울 거다. 진짜니 가짜니, 역시 모든 건 자신이 어떻게 믿고 가치를 부여하느냐에 달렸다.

우주로부터 빌린 것

　한동안 많은 도움을 받았고 지금도 꾸준히 애용하는 EFT (Emotional Freedom Technique, 정서자유기법)의 한 책에 보면 '빌려 쓰는 이익'이라는 표현이 나온다. '빌려 쓰는 이익'은 타인 EFT하는 것을 보거나 EFT에 관련된 글만 읽어도 답답했던 마음이 후련해지는 등, 자신이 직접 EFT를 한 것과 동일하거나 비슷한 효과가 난다는 뜻이다. 나는 이 빌려 쓰는 이익이라는 표현이 정말로 마음에 든다.

　곰곰이 생각해 보면 빌려 쓰는 대상은 자동차, 정수기, 비데 같은 생필품에 국한되지 않는다. 산과 하늘, 바다, 농사를 짓는 토지 이런 자연 환경까지 우리는 빌려 쓰고 있지 않은가. 그뿐만이 아니다. 길에서 소나기를 만나 어떤 건물에서 잠시 비를 피할 때 나는 그 건물이 주는 비 가림, 에어컨 바람, 화장실 등의 이익을 잠시 빌려 쓴다. 수도와 전기, 인터넷도 사용료를 내고는 있지만 엄밀히 말해 내 것이라고 하기는 어렵다. 토요일마다 나를 즐겁게 해주는 〈무한도전〉 같은 TV프로그램도 마찬가지.

좀 더 나아가서 내 부모, 내 자식, 내 연인, 내 직장, 내 사람… 이런 표현을 너무 당연하게 받아들이지만, 그들은 모두 우주에서 인연을 맺을 수 있도록 허락해주어 지금 나와 함께하는 것뿐, 언젠가 때가 되면 헤어져야 함은 정해진 이치일 것이다.

늘 옆에 있어서 당연한 것 같은 내 부모님, 자식, 연인, 친구….

그들은 나의 '소유'가 아니다. 내 것이 아니니까 내 마음대로 해서는 안 되고 그럴 수도 없다. 도서관에서 빌려서 보는 책에 함부로 낙서를 하거나 찢거나 해서는 안 된다는 건 상식이다. 하지만 이 글을 쓰는 나부터도 그렇지만 상대방을 내 소유로 착각하고 마음대로 하려고 할 때가 얼마나 많은가. 이 우주가 당장 내일이라도 부모님을, 자식을, 남편을 이제 반납기한이 되었으니 데려간다고 하면 정작 할 수 있는 일은 하나도 없으면서.

지금 내가 누리는 시간과 건강과 재능과 돈이 있다면 이 또한 잠시 허락된 것뿐이니 때가 되면 우주에 반납해야 한다. 그렇다면 나는 이 빌려 쓰는 감사함을 허용된 시간 동안 잘 활용하고, 더불어 남들과 공유하고 베풀 수 있어야 하지 않을까.

그렇기에 나는 내 몸이라고 아무거나 먹고 막 대하지 않기로 했다. 내 시간이라고 함부로 무의미하게 낭비하지 않을 것이다. 내 돈으로 나만 호의호식 하겠다며 타인에게 해 끼치는 일은 하지 않으려 한다.

진정한 자기 사랑은 이기적인 동기에서보다 빌려 쓰는 사람으로서의 겸손함에서 출발하는 것도 좋으리라. 우리는 모두 우주로부터 조건 없이 빌려 쓰는 이익의 수혜자들이므로.

인생역전의 부작용, 영화 〈크로니클〉

줄거리는 한 문장으로 고등학교 남학생 3명이 우연한 계기로 초능력을 얻으면서 벌어지는 일들이다. 포스터의 "Boys will be Boys" 라는 카피 문구는 '(초능력을 가졌어도)애들은 그냥 애들이다'라는 의미인데, 이 카피가 영화의 성격을 핵심적으로 잘 드러내준다.

흔한 10대 히어로물인 줄 알고 영화를 봤다가 신선한 충격을 받았다. 일단 캠으로 찍은 듯 연출한 영상도 신선했고(가상이 아니라 실제 같은 느낌을 줌), 히어로라면 자동으로 연상되는 악당을 물리치기, 지구 구하기 등의 내용도 없다는 점이다.

초능력을 가졌지만 주인공은 찌질하다. 초능력으로 편의점 강도를 하던가 괴롭혔던 친구에게 분풀이를 한다. 이렇게 초능력을 가진 주인공이 찌질하다는 점은 그간의 히어로 무비의 주인공들과는 확실한 차이가 있고, 그 점이 오히려 굉장한 공감을 불러일으킨다. 나처럼 평범한 사람이 초능력이 생기거나 혹은 로또가 당첨됐을 때 생길 수 있는 일을 현실적으로 묘사한 느낌을 주기 때문이다.

주인공 3인방 가운데 가장 능력이 뛰어난 앤드류는 일단 가정이 매우 불우하다. 아버지는 알콜 중독에 폭력을 휘두르고 엄마는 병으로 몸져누워 앤드류를 돌볼 수 없다. 앤드류는 학교에서도 거의 존재감이 없다. 수시로 따돌림당하는 불쌍한 처지다. 그런 앤드류에게 초능력이 생겼을 때 어떤 일이 일어났을까?

앤드류는 괴롭히는 친구를 혼내줄 수 있고 심지어 두려움의 대상인 아버지도 거역할 수 있다는 걸 경험한다. 그러면서 서서히 변해 가는데 결정적인 부분은 초능력으로 편의점을 터는 장면이다. 엄마의 응급약이 필요한 상황인데 돈도 없고 어찌할 바를 몰랐던 앤드류는 최악의 선택을 하고 만다. 그런데도 엄마는 죽게 되고 앤드류는 그때부터 완전히 폭주한다.

영화의 앤드류를 보면서 주목한 건 마음에 깊은 그늘이 있는 사람에게는 행운 자체가 독이 될 수 있다는 메시지였다. 모두를 놀라게 할 능력이 생겼는데 앤드류는 그 능력을 발전적인 곳에 쓴다는 건 상상도 못하고 실수를 감추거나 분노를 폭발시키는 데 쓴다. 그

저 영화니까~ 해버릴 수만은 없었던 게 그동안 얄밉게 군 사람이 있다면 당장이라도 혼쭐을 내주고 싶다는 마음이 나에게도 있기 때문이었다. 영화 〈스파이더맨〉에 "큰 힘에는 큰 책임이 따른다"라는 명대사가 있는데 내 마음이 건강하지 않으면 능력이 생기는 것 자체가 엄청난 재앙이 될 수도 있다. 돈도 마찬가지 아닐까? 천문학적인 로또에 당첨되고도 순식간에 거지가 된 사람의 이야기들 또한 영화의 앤드류와 다를 바가 없다.

오매불망 바랐던 일이 즉시 이루어진다면 과연 잘 감당할 수 있을까? 솔직히 잘 모르겠다. 너무나 많은 것들이 준비 부족인 상태 같아서. 내가 원하는 일이 당장 이루어지지 않는 이유는 이 세상이 나에게 먼저 사람이 되라는 기회를 주는 것인지도 모르겠다. 아무튼 준비되지 않은 사람에게는 인생역전이 꼭 좋은 것만은 아니라며, 영화 〈크로니클〉 추천.

이토록 시시한 행복

한 인터넷 기사에서 〈별 것 아니지만 만족감이 느껴지는 일상의 순간〉이라는 제목의 글을 봤다. '새로 산 마요네즈 병의 뚜껑을 열고 큼직하게 한 숟갈 뜨는 순간'이라는 문장이 있었는데 뚜껑이 뻥하니 열리면서 시큼하면서 고소한 냄새와 밥숟가락 하나 가득 오동통할 마요네즈의 질감이 떠올라 나도 모르게 살짝 진저리를 쳤다. 정말 시시하고 별 거 아닌데 그 흐뭇함과 행복함이란.

그러고 보면 사람이 행복감을 느끼는 요소는 꼭 돈이나 성취만이 전부는 아님이 확실하다. 물론 돈이 많으면 좋다는 건 '진리'지만 돈으로 모든 것이 해결되지는 않는다. 나는 지금도 얼마 전 떠나보낸 반려견의 발꼬순내가 너무나 그립다. 우울하고 지치고 짜증나는 날에도 가만히 그 녀석을 쓰담쓰담하면서 발꼬순내를 맡고 있으면 저절로 힐링되는 기분이었는데 이젠 그런 소소한 행복을 누릴 수 없다는 게 억울할 정도로 슬프다.

나는 울음이 나왔다. 하치와 데이트도 하고 싶었고, 두근거리는 가슴으로 하치의 방에 가서, 첫 키스를 하고 싶었다. 애가 태어나자 여기저기로 전화를 거는 하치를, 축 늘어진 배로 보고 싶었다.

신생아실에는 갓난아기가 있고, 아아, 키우기 귀찮아. 집 없는 개나 고양이를 주워, 어쩔 수 없이 키우기도 하고. 그리고, 같이 바다에 가고 싶었다. 매일 수영도 하고, 해변을 산책하고도 싶었다. 또 쓸잘 데 없는 말싸움과 하치가 보기 싫어서, 없어지면 좋을 텐데, 하고 생각해 보고 싶었다. 어느 쪽이 신문을 먼저 읽느냐고 티격태격하기도 하고, 무수한 히트송이 과거가 되어가는 것을 함께 느끼고 싶었다.

모든 잡다한 일들을, 좋으니 나쁘니 따지고만 있을 수 없는, 이미 일어난 모든 일들을 복작복작 포함한, 하나의 우주를 만들어, 어느 틈엔가 유유히 흘러, 정신을 차리고 보니 이 세상에서 가장 멋진 곳에 있기를. 그래, 그러니까 말이지, 그런 책임을 하나로 하는 것.

나는 울면서 호소하였다. 모두들 이렇게 멋진 일을, 매일 하고 있는데, 왜 모두들, 어째서 특별하게 행복하지 않은 거지?

— 요시모토 바나나 《하치의 마지막 연인》 중에서

10년도 전에 요시모토 바나나의 소설이 유행일 때 읽은 글인데 깊이 기억에 남아 옮겨 본다. 읽을 때는 솔로 시절이었는데 지겹다고 서로를 볶아대면서 사는 보통의 커플이 얼마나 부러웠는지 모른다. 그 별 거 아닌 것 같은 행복이 나에겐 언제 올까 하며.

　　시시하고 평범한 일상이 누군가에게는 감히 상상조차 할 수 없는 어려운 행복일 수도 있다. 그러므로 행복은 조건이 아니라 발견하는 능력이다.

행복하지 않아도 괜찮아

우리 삶에서 마땅히 일어나선 안 되는 일이라는 건 없다.
마땅히 지진이 일어나서는 안 되고, 마땅히 부모님이 돌아가셔서는 안 되고,
마땅히 직장에서 잘려서는 안 되고… 안 되고….
그래서는 안 된다. 나는 무조건 행복하고, 무조건 잘 나가야 한다.
그 생각이 자신을 더 힘들게 하는 건지도 모른다.
마음을 꽉 움켜쥔 손을 조금만 느슨하게 해볼 것.
행복하지 않아도 괜찮다.

2. 있는 그대로의 너, 나, 우리

독특한 광물을 발견하면 우리는 그것을 보석, 귀중한,
값을 헤아릴 수 없는, 값비싼 보물, 희귀한, 아름다운, 할 데 없는 등으로
표현한다. 지금까지 연구 결과를 본다면 이런 말로 표현해야 할
대상은 바로 우리 자신과 같은 인간이다.

— 토니 부잔, 마인드맵 창시자

안티키테라의 기계

1901년 그리스 안티키테라 섬 앞바다에 침몰한 난파선 유물 속에서 톱니바퀴가 내장되어 있는 의문의 기계장치가 발굴된다. 처음에는 단순히 시계 정도로 추정되었던 이 기계는 파손의 우려 때문에 3D 입체스캔이 가능해진 현대에 와서 비로소 복원이 완료되었다.

복원 결과 이 기계는 고대 그리스인들의 천문관측기구인 것으로 밝혀졌다. 천문관측기구인 것도 놀랍지만 더 놀라운 것은 정확성이었는데, 얼마나 정확한가 하면 4년마다 윤년을 계산해 넣은 365일 달력인 동시에 일식과 월식을 예측함은 물론, 수성과 금성이 지구 둘레를 타원궤도로 돌면서 생기는 변칙적인 움직임까지도 미리 계산하는 수준이었다. 톱니바퀴를 이용한 자동 기어 구조물이 과학사에 처음 등장한 때가 1575년인데 이 기계는 기원전 150~100년경에 만들어진 것으로 추정되어 더 놀라움을 자아낸다.

이렇게 현대인의 감탄을 자아내는 고대인의 유산은 안티키테라의 기계뿐만이 아니다. 세계 7대 불가사의니, 10대 불가사의니 하는 구조물들은 어떻게 만들어졌는지 아직까지 현대과학으로도 해석이 불가능하다. 오죽하면 외계인이 만들었다는 설까지 있을까.

우리에게 널리 받아들여진 믿음은 이런 것이다. "인간은 미개했지만 진화에 진화를 거듭하여 현재의 모습이 되었다", "과거에는 현대와 같은 과학기술이 없었다" 하지만 이런 미스터리에 가까운 고대 문명사를 접하면 그간의 믿음에 필연적으로 의문을 제기하게 된다. 인간의 지성은 기원전 고대나 우주로 탐사선을 띄워 보내는 지금이나 별 차이가 없어 보이기 때문이다. 과연 인간은 더 뛰어난, 최신의 무언가를 통해 지성과 인성을 함양해야만 진보할 수 있는 것일까?

누군가 미켈란젤로에게 그 아름다운 조각품을 어떻게 만들었는지 물었을 때 이렇게 답했다고 한다.

"그 조각은 대리석 안에 이미 존재하고 있었소. 내가 한 일은 다만 하느님의 창조물을 둘러싸고 있는 불필요한 대리석을 제거하는 것뿐이었소."

나는 자기계발이 부족하고 못난 사람을 개조하는 거라고 생각지 않는다. 원래 빛나는 그 사람의 진짜 가능성을 찾도록 함이 자기계발의 목적이라고 생각한다. 그러기 위해선 매일 대리석을 조각하듯, 뭔가를 보태고 더하기보다 덜어내고 지우는 일이 우선일 것이다.

다만 그 일에 가장 큰 장애물이 있으니 배우지 않아도 안티키테라의 기계를 발명할 만큼 대단한 가능성이 있다는 걸 우리 스스로는 믿기 어렵다는 점이다….

그대가 마주칠 수 있는 가장 고약한 적은 언제나 자기 자신일 것이다.

— 니체,《차라투스트라는 이렇게 말했다》중에서

나의 외모 콤플렉스

한 대학교 웹진에 인터뷰를 하면서 사진을 요청하기에 보내주었다. 담당자는 사진을 첨부한 메일을 받고는 "미인이시네요."라는 글이 담긴 답메일을 보내왔다. 예의상 하는 말이겠지 하면서도 너무 잘 나온 사진으로 보냈나? 미인 소리 들을 실물이 아닌데… 싶어 걱정이 되기까지 했다.

외모 콤플렉스가 없는 사람이 있을까마는, 나는 좀 유난했던 터라(나이가 들면서 나아지고는 있다) 아직도 사람들 앞에 나서길 많이 꺼리는 편이다. 턱 콤플렉스, 지금은 양악수술로 제법 훈남이 된 개그맨 임혁필처럼 아래턱이 더 발달한 부정교합 때문이다. 초등학교 때 치아 교정을 받았는데 의사 샘이 말하길 성장하는 중이라 성인이 되고 나면 턱 수술을 해야 한다고 했다. 교정을 하지 않았으면 부정교합 상태가 심했을지 모르겠는데 아주 심하지는 않고 내가 느끼기에 일상적인 불편함은 없다. 거울을 볼 때마다 신경이 쓰인다는 것 빼고는.

신기한 건 나는 거울을 볼 때마다 사람들이 내 턱만 쳐다보는 것 같아서 엄청 스트레스였는데 정작 그들은 의외로(?) 내 턱에 무관심하더란 것이다. 친한 사람들이야 내 튀어나온 턱이 우정에 방해가 될 만한 요소가 아니니 그럴 수밖에 없고, 나를 싫어하는 사람들은 내가 김태희처럼 예뻐도 어디에선가 반드시 흠을 찾아냈을 테니 그 역시 내가 상관할 바 아닐 것이다. 연애를 할 때도 이 기현상은 계속되었다. 어떤 이유로든 일단 하트가 씌워진 상대방의 눈에는 김구라처럼 튀어나온 내 턱이 잘 안 보이는 듯 했다. 심지어 말하기 전까지는 모르는 사람도 있었다.

단점은 가리려고 하면 할수록 도드라지지만 드러내면 그때부터는 더 이상 단점이 되지 않는다는 기묘한 특성이 있다.

아마 내가 말할 때마다 입을 가리거나 일부러 머리를 길게 길러 턱을 어떻게든 가리려고 했으면 튀어나온 턱이 더 부각되었을지 모른다. 물론 그런 방법을 동원해 보지 않은 건 아니다. 하지만 사람은 그렇지 않으면서 '척' 하는 사람은 미워할지언정, 자기의 못나고 약한 부분을 있는 그대로 드러내는 사람에게 비호감 판정을 내리지 않는다. 입을 가리고 호호호~ 조신한 척 예쁜 척하는 것보다는, 주걱턱이 잘 산대~ 데헤헷~ 하는 푼수끼 가득한 모습일 때 사람들은 내게 더 호감을 가져주던 걸.

게다가 콤플렉스가 꼭 나쁘지만은 않았다. 가만히 있으면 화난 사람처럼 보이는 첫인상을 만회하려고 항상 웃으려고 노력했더니 주변으로부터 잘 웃는다, 긍정적인 성격 같아 보기 좋다는 평을 쉽게 듣는다. 또 "이것이 비법이다!"라는 콘셉트로 연애 책을 한 권 냈는데, 굳이 내 외모가 뛰어나지 않은 점이 독자들한테는 격려가 될 수도 있을 것이다. 만약 내가 남자들이 누구나 좋아할 만한 매력적인 외모였다면 독자들 입장에서는 "당신은 반반하게 생긴 외모 때문에 연애가 쉬웠던 것 아뇨! 나는 그렇지 않단 말입니다." 할 수도 있을 테니까.

글도 잘 쓰고 외모도 아름답다면 더 없이 좋겠지만 지금 이 상태에도 만족하고 있다. 한 사람에 대한 호감, 비호감은 외모가 전부가 아님을 확실히 알기 때문이다.

전지현, 송혜교라고 항상 행복하기만 한 건 아니다.
그런 것처럼 나 같은 외모의 사람도 늘 불행하기만 한 건 아니다.
자기를 인정하고, 나름대로의 매력을 발견하면 그뿐이다.

— 이국주, 개그우먼

사
람
은

왜

사람은 왜 어려서는 나이 들어 보이려 하고,
나이 들어서는 어려 보이려 할까.

돌이켜 보면 나 또한 항상 현재의 내 나이가 아닌
다른 나이를 꿈꾸며 살았다.
스무 살에는 조금 더 안정적일 거라고 믿으며 서른 살을 기대했고,
서른 살이 되어서는 마냥 철없던 스무 살로 돌아가고 싶었고….

한순간이라도 자기 나이를 있는 그대로 받아들일 수 있다면
그 삶은 좀 더 평화롭지 않을까.

가터벨트

가터벨트를 구입했다.
평소에 하고 다닐 건 아니고 특별한 날 이벤트용(?)이다.

가터벨트를 구입하고서 안 것 하나는
섹시하고 몸매 좋은 여자들이 가터벨트를 하는 게 아니라,
평범한 여자도 가터벨트를 하면 섹시하고 몸매가 좋아 보인다는 것이었다.
완전히 거꾸로 알고 있었던 셈이지.
작은 소품 하나로 누구나 판타지 속 주인공이 될 수 있다니.

우리가 공유한 수치심

회사 동료랑 식당에서 점심을 먹을 때의 일.

날이 그렇게 더운 건 아니었는데 테이블 건너편의 그는 그야말로 땀으로 범벅이 된 채 밥을 먹고 있었다. 휴지로 손으로 연신 땀을 닦아내는 그를 물끄러미 바라보다 눈이 마주쳤다. 나는 피곤해서 의식이 안드로메다로 가 있는 멍한 상태였는데 그는 눈이 마주치자 조금 쑥스럽다는 듯, "밥만 먹으려면 꼭 이렇게 땀이 나서요…"라는 멘트를 더했다.

서로 잘 보이고 아니고를 신경 쓸 사이도 아닌데 많이 민망해하는 상대방의 기색이 느껴졌다. 괜찮다고 하면서 속으로 오만 생각이 교차했다.

말로만 괜찮다고 한 게 아니라 나 또한 땀이 많은 편이라 사람들 앞에서 부끄러움이 심했기 때문에 오히려 그의 심정을 이해하는 편에 가까웠다. 좀 덥거나 당황하거나 긴장이라도 하면 샤워하는 듯 땀이 한 번에 쭉- 하고 쏟아져서 옆 사람이 '왜 그리 혼자 더워하느냐'고 묻거나 '땀이 많으시네요'라면 그야말로 부끄러워서 정신을 못 차렸다. 어디론가 숨고 싶고 민망하고.

지금 이 글을 읽는 분들은 그럴 것이다. 그깟 땀 좀 흘리는 게 뭐 대수냐고. 더우면 땀 날 수도 있지. 암내 나는 것보다는 낫잖아요?

정말로 그렇다. 내가 밥 먹으면서 땀 흘리는 상대방을 그냥 '밥 먹으면서 땀을 흘리네.' 할 뿐 그 이상으로 '이상하군. 무슨 병이 있나? 허약 체질인가? 별꼴이야.'라고는 전혀 생각하지 않는 것처럼, 내가 땀을 비 오듯 흘릴 때 사람들은 '긴장했나 보네. 아니면 방이 더운가?' 정도로만 여기고 가볍게 넘어갔을 것이다. 반면에 나는 속으로 '내가 살이 쪄서 땀을 흘린다고 생각할 거야. 땀을 많이 흘리면 지저분하다고 여기겠지.'라고 혼자 무한 상상에 빠져들면서 주변 사람들이 나를 어떻게 볼까? 내내 부끄러워했다.

인간은 자기중심적인 존재다.

이렇게 하면 다른 사람들이 나를 어떻게 볼까? 라는 걱정은 대부분 붙들어 매도 된다. 왜냐하면 타인들은 자신에 대한 관심으로 바빠서 남이야 뭘 하건 말건 무관심하고 무신경하기 때문이다. 여기 좀 봐주세요, 날 좀 주목해주세요! 라는 의도로 작정하고 행동하지 않는 한 타인의 관심을 끄는 일이야말로 어렵다. 그런데 땀이 많아서 남들 앞에 서기가 부끄럽다고 생각했던 나처럼 타인이 어떻게 생각할까 자신의 일거수일투족을 의식하고, 아무도 지적하지 않은 것을 스스로 찔려 하며 사는 사람이 많다. 난 이래서 안 돼. 이러면 다른 사람들이 싫어할 거야. 나를 어떻게 볼까?(SNS의 프로필 사진이나 대화명을 수시로 바꿔가며 기분을 알아 달라 암시해 봐야 남들은 잘 모른다. 관심도 없고)

아아, 정말이지 대부분의 타인은 또 다른 타인에게 별 관심이 없다. 〈화성인 바이러스〉나 〈세상에 이런 일이〉 같은 방송에 소개될 정도로 튀지 않는다면….

이 사실을 깨닫고 나서 내 부끄러움의 강도는 조금 덜해졌다. 부끄럽거나 주눅 들거나 의기소침할 필요 없이 되는 대로 자유롭게 살자. 코가 나오면 코를 풀고, 가스가 나온다면(?) 나오는 대로 방출하면서.

나에게는 나 자신이 되는 것 말고는 또 다른 길이란 없다.
사람들이 아무리 나를 버리고 내가 아무리 사람들을 버리고
온갖 아름다운 감정과 뛰어난 자질과 꿈이 소멸된다고 해도
나는 나 자신 이외의 그 무엇도 될 수가 없다.

— 무라카미 하루키,《한 없이 슬프고 외로운 영혼에게》중에서

'해줘요'의 힘

결혼하기 전 집에서 엄마 밥을 먹을 때다.

엄마는 아주 오래 전 카레를 먹고 심하게 체한 후부터 카레를 일절 입에 대지 않으셨다. 한 가정에서 음식을 주로 하는 엄마가 카레를 안 드시니 우리 집 식구들도 자연히 카레 먹을 일이 드물 수밖에 없었다. 나서서 내가 카레를 하려고 보면 당근이 없다든지 카레가루를 사야 한다든지 결정적으로는 귀찮아서 카레를 먹는 게 그리 쉽지가 않았다. 아무튼 간만에 카레가 엄청 당겼던 어느 날이었는데 그 날따라 불쌍한 표정을 하고 엄마한테 말했다.

"엄마, 나 카레 먹고 싶다. 되게 쉬운데. 맛도 있고. 좀 해주지."

"엄마는 안 먹잖아. 어떻게 하는지도 잊어버렸어."

그런가 보다 했는데 퇴근길에 엄마한테 전화가 왔다.

"카레 해놨다. 와서 먹어."

오잉? 엄마 카레 못한다더니.

칼퇴를 하고 집에 가니 먹음직스런 카레가 한솥 가득이었다. 그 좋아하는 카레를 십 몇 년 만에 처음으로 집에서 얻어먹는 감회가 남달라 눈물이 날 지경이었다.

"엄마, 카레 못한다더니."

"해달라며? 진작 말을 하지. 뭐 어렵지도 않던데."

이럴 수가. 어리석은 쪽은 나였다. 엄마는 카레를 안 먹어, 엄마는 카레를 못해 라는 고정관념을 가지고 그동안 한 번도 엄마한테 "카레가 먹고 싶으니 해주세요, 플리즈~."라고 정식으로 요구한 적이 없었다. 참나. 이렇게 요청만 하면 충분히 누릴 수 있는 것임에도 불구하고 정작 '~~~해줘요' 말 한마디를 못해서 미리 포기하는 것들이 얼마나 많을까?

나나 이 글을 읽는 누군가는 거절당할지 모른다는 두려움, 민폐가 될지 모른다는 사양의식과 지레짐작 때문에 꽤 많은 것을 꾹 눌러 참으며 살아왔을 거다. 차마 한마디 말을 운을 떼지 못해서 갈라지는 인간관계는 또 얼마나 많으냐….

"두드려라, 그러면 열릴 것이다"라는 금언은 진실로 참이다. 그간 마음에 담아둔 작은 필요와 요구들 이제부터라도 한 마디씩 하고 살자. 나를 비롯해 거절이 더 익숙한 매정한 사람, 실은 별로 없다.

나는 믿는다. 적어도 우리가 일주일에 한 번은 말을 걸고픈 사람과
마주치게 된다고. 다만 말을 붙일 용기가 없을 뿐이다.

— 파울로 코엘료,《흐르는 강물처럼》중에서

라면 5인분 끓이기

　　호프집 알바생이었던 20대 어느 날의 이야기.

　　무슨 요일이었는지 기억이 희미한데 사장님과 알바생인 나, 두 명만 가게를 지킬 정도로 한가한 날이었다. 그날은 이상하게도 제법 번화가였던 동네 전체가 파리 날리는 분위기였는데 근처 가게 사장님 두 분도 오늘은 공쳤다며 내가 일하던 가게로 마실을 오셨다. 사장님 세 명과 종업원 나, 네 명은 서로 얼굴만 멀뚱히 보고 있다가 우리 가게 사장님이 "사람도 없고 출출한데 우리 라면이나 끓여먹자." 제안했고 라면을 끓이는 일은 여자 알바인 내 몫으로 돌아왔다.

　　전직 농구선수로 기골이 장대했던 사장님 때문에 사람은 넷이었지만 5인분의 라면을 끓이게 되어 주방에서 제일 큰 냄비에다 물을 올렸다. 난 요리보조는 아니고 서빙보조 알바였지만 라면으로 말할

라 치면, 가끔 챙겨주는 사람이 없으면 끼니를 걸러야 하는 한량치산자급의 남자들도 너끈히 끓여낼 수 있는 한국인 대중식 1순위가 아니던가. 라면 5인분이 뭐 대수냐 싶어 여유만만하게 조리를 시작했는데 이것 참, 집에서 한 개 혹은 두 개를 끓일 때와는 전혀 다른 양상이 나타났다.

익숙하던 냄비가 아닌 것도 문제였고, 한꺼번에 라면 다섯 개를 처음 끓여보는 것도 문제였다. 처음에 물을 너무 작게 잡아서 나중에 물을 더 부었더니 면은 퉁퉁 붇기만 한 채 제대로 익지를 않았다. 거기다 계란 두 개를 넣으라는 사장님 요구사항대로 계란까지 넣은 후 다 끓여낸 라면의 형상은 그야말로 꿀꿀이죽을 방불케 했다. 세 명의 사장님들은 다 됐다며 나온 라면을 보고는 기겁을 했고 우리 가게 사장님은 내게 "너, 라면 하나도 제대로 못 끓이는 거 보니 시집은 다갔다."며 면박을 주셨다(그때 악담의 여파로 결혼을 늦게 한 건 아닐까?).

"내 평생에 너처럼 라면도 제대로 못 끓이는 여자애는 첨 봤다!"

얼마나 자존심이 상했는지 지금도 그날 생각을 하면 얼굴이 붉어진다. 그 후로 오늘까지 라면을 종종 끓이지만 한 개나 두 개는 그때처럼 못 먹을 정도로 끓이진 않는다. 그날의 실수는 라면 5인분이라는 양과 익숙하지 않은 조리환경이 문제였던 거다. 가끔 구내식당 같은 곳에서 점심을 먹을 때면 산처럼 쌓인 음식에 놀라움을 금치 못한다. 저 많은 음식의 간과, 양을 어떻게 균일하게 맞춰낼까?

지금은 혼자 일하고 있지만 직장을 다닐 때 가끔 라면 5인분을 끓여내던 날의 기억이 떠오르곤 했다. 회사에서 간부도 아니고 말단사원도 아닌 어정쩡한 위치였다. 아무리 편하게 대해도 80년대생의 후배들은 나를 어려워했고, 상사도 나이 많은 부하직원이 어려운 건 마찬가지였다. 그러면서도 양자 간의 의사소통이나 업무지시는 꼭 중간인 나를 거쳐야 했으니 7명이 한 팀이라면 7인분의 라면 끓이기와 비슷한 형국이었다.

각자 개성이 뚜렷한 타인들과 일상의 대부분을 부대끼는 일이란, 라면 다섯 개를 끓이는 일보다 어려우면 어려웠지 쉽지는 않을 것이다. 바라건대, 다섯 개가 아닌 오십 개의 라면이라도 맛깔스럽게 끓여낼 수 있는 그런 인간관계의 조리 비결은 언제쯤 터득할 수 있을까?

상
처

주
는

말

말 때문에 상처받는 경우가 있다.
어떤 때는 한 마디 말이 트라우마처럼 남아 몇 년을 따라다닌다.
밤에 자려고 누웠다가도 가끔 떠오르면 하이킥으로 이불을 박차게도 한다.
그놈의 말 한 마디의 기억.

이렇게 상처 주는 말이라는 게 한 사람을 영혼으로부터 힘들게 하는데,
세상 어디에도 절대로 타인에게 상처 주는 말을 해서는 안 된다는
법조항이 없다니!

"타인에게 말로써 최소 3년 이상 지워지지 않고
회복하기 어려운 깊은 심적 상처를 남겼을 경우,
해당인은 3년 이하의 징역 또는 5,000만 원 이하의 벌금에 처한다."

이렇게 하면 사람들이 좀 더 말을 가려서 하려나.

그들만의 리그가 되지 않도록

자주 가는 출판사 모임의 카페가 있는데 가입하고서는 정보도 공유하고 나름 참여도 해보다가 언제부턴가 댓글도 거의 안 달고 눈팅만 하는 중이다. 이유는 한 회원이 몇몇 출판사의 책 사진을 찍어 올리며 이른바 '잘 나가는 책'이라 소개를 하고 그 리스트에 오른 사람과 주변 사람들이 하하 호호 즐겁게 댓글을 다는 게 불편해진 때문이다.

처음엔 단순한 열폭, 질투라고 여기고 말았는데 《도덕경》을 읽다가 조금 다른 관점에서 내 행동을 돌아보게 되었다. 나 역시 적다면 적고 많다면 많은 3,000여 명의 회원이 가입한 카페를 운영 중인데 운영자로서 주문하는 말은 대동소이하다. 회원님들 열심히 활동해

달라, 눈팅만 하지 말아 달라는 것이다.

그런데 운영자인 내가 활발하게 활동하는 몇몇 회원에게 친하게 굴고 오프모임을 하는 동안 자기도 모르게 '소외감'을 느낀 회원들이 있지는 않았을까? 뭘 그런 일에 소외감… 할지 모르지만 내가 다른 곳에서 느꼈던 야릇한 그 소외감을 내가 운영 중인 카페에서도 느낀 분들이 있으리라. 분명히.

그러고 보면 눈팅하지 마세요, 열심히 참여하세요, 라는 나의 주문은 참 공허한 메아리였던 것…. 그럴 의도는 아니었지만 내가 친한 사람들을 챙긴다면서 '소외된 기분'을 느끼게 유도하고 있었으니 말이다. 이쯤에서 도덕경의 구절을 인용하지 않을 수가 없다.

온 세상 사람이 모두 아름다운 것을 아름답다고 여기지만,

무엇을 아름답다고 여기는 동시에 추한 것도 생긴다.

온 세상 사람이 모두 좋은 것을 좋다고 여기지만,

무엇을 좋다고 여기는 동시에 좋지 못한 것도 생긴다.

어느 한쪽을 인정하는 것은

다른 쪽이 있다는 의미를 함축하고 있기 때문이다.

모양 있는 현상과 모양 없는 근원,

어려움과 쉬움,

길고 짧음,

높고 낮음,

맑은 소리와 탁한 소리,

앞과 뒤,

이런 것은 모두 상대적으로 동시에 생긴다.

—《노자 도덕경(정창영 옮김)》 중에서

무언가 좋아하고 관심을 가지면 동시에 그 관심의 원 밖으로 밀려나는 대상이 생긴다. 일부러 그러려던 건 아니라고 하지만 실은 마음속 어딘가에서 나 좋다 해주는 사람과 가까운 건 당연한 일이라고 여기는 부분이 있었음을 변명할 수 없다. 나아가서 그렇게 가깝고 좋고 친한 것들에 둘러 쌓여 지내다 그보다 훨씬 넓은 세상과 관점을 접할 기회에 둔해지는 건 아닌지….

노자의 말대로 세상에는 좋다, 나쁘다의 구분이 너무나 많다. 남동생이 부모님의 예쁨을 받으면 칭찬받지 못한 누이는 상대적으로 덜 사랑받는다고 느끼게 되겠지(다른 사람 아닌 나의 어린 시절 이야기

^^). 독자들이 베스트셀러(만들어진, 혹은 알려진)에 관심을 갖는 동안 서가에서 쓸쓸히 잊혀져가는 책들이 있는 것처럼 말이다.

나는 그 출판카페의 회원이 이제는 다른 책도 좋다는 글과 사진을 올려주면 좋겠지만 기대할 자격은 안 됨을 안다. 남의 행동이 어떻다고 말하기 전에 내 행동 역시 그와 하나도 다를 것이 없었으니까. 결론을 내리면 그 또한 결론 아님이 생기게 되니 이쯤에서 그만하고, 호불호 분명한 성격의 내가 이제는 좋고 나쁜 걸 구별하지 말아야겠다 글을 쓰는 건 역시 나이를 먹어간다는 증거인지도.

조교의 사람 다루는 법

나 내가 경험해 보니까 사람 심리가 참 묘한 게 있어요. 대부분 사람들은 쭈욱- 잘해주는 사람을 별로 안 좋아해요.

그보다는 계속 지랄맞게 굴다가 어쩌다 한 번 잘해주는 사람을 더 좋아하더라구요. 나쁜 남자 좋아하는 심리도 그거랑 연관 있는 듯….

남편 아하- 그건 군대에서 좋은 평가를 받는 조교의 비법과 비슷하군요.

나 군대에도 그런 게 있어요? 그게 뭐예요?

남편 군대 가서 조교하게 되면 알려줘요. 훈련병들 이리 굴리고 저리 굴리고 죽도록 고생시키다가 훈련 끝나는 마지막 날, 그동안 너희가 참 훌륭했고 내가 그런 이유는 어쩌고 하면서 좋은 소리 몇 마디 하면 훈련병 모두 눈물바다 만들 수 있어요. 마지막 날 훈련병 들이 써내는 평가서 비슷한 게 있는데, 거기서 우수한 조교로 평가 받는 비결이라고 하지요.

나 헉 ㅋㅋㅋㅋㅋㅋㅋ 딱 맞는데요.

남편 나는 한 번도 부당하게 애들 굴린 적 없는 신사적인 조교였는 데, 구타를 일삼다가 마지막 날 한 번 잘해주는 조교들보다 평가서 는 늘 엉망이었죠.

* * *

롤러코스터를 타면 높은 곳에서 낮은 곳으로 떨어질 때 낙차에 의해 짜릿함을 느끼게 되는데, 사람의 마음에도 비슷한 원리가 작동 한다. 특히 기대심리가 어긋날 때 이런 심리적 낙차가 잘 발생한다.

늘 못되게 굴던 사람이 예상을 깨고 갑자기 잘해주면, 못되게 굴 거라고 생각했던 기대감이 무너지면서 긴장했던 마음이 한순 간에 확~ 풀려 버리는 경험을 하는데 여기에서 큰 감정적 카타르 시스가 온다는 거다. 이러한 이유 때문에 많은 사람들이 일관성 있 게 쭈욱 잘해주는 사람보다 종잡을 수 없는 나쁜 남자st을 더 기억 하고, 호감을 갖게 된다나.

만약 누군가 그대를 개라고 부르면 화내지 말라.
대신 그대의 엉덩이를 살펴보라.
그곳에 꼬리가 있지 않으면 그대는 개가 아니라는 뜻이다.
그것으로 문제는 끝이다.

— 아잔 브라흐마, 《술 취한 코끼리 길들이기》 중에서

모든 살아 있는 것들의 밤

잠이 오지 않아 늘 자던 침실에서 나와 거실에 드러누워 잠을 청한 더운 여름 날. 눈을 감고 있으니 낮에는 들리지 않던 소리들이 들려오기 시작했다.

벽시계가 찰칵 하는 소리,

창밖으로 가끔 지나가는 차 소리,

찌르륵 하며 벌레 우는 소리,

한 번씩 윙- 하고 돌아가는 냉장고의 소리,

어디서인지 모르겠지만 딱- 딱- 하고 뭔가 부딪히는 소리,

하수구에서 나는 것 같은 쪼륵- 하는 물소리….

모든 것이 고요함과 어둠을 배경으로 저마다 소리를 내고 있다. 참 희한하고, 신기한 느낌이었다. 어째서 몰랐을까? 이 많은 사물들이 생생히 살아 있음을 주장하고 있는데… 이런 밤이라면 책상이 말을 하고, 주전자가 노래를 한다고 해도 전혀 이상하지 않을 것이다.

나부터도 그렇지만, 사람은 자기의 감각 너머에서 벌어지는 일은 믿기 힘들어한다. 눈으로 확인해야 믿는다(보고도 못 믿는 경우도 많지만). 하지만 자기의 의식이 사라지고, 자기가 감각하지 못한다고, 이 세상에 존재하는 일이 없는 일이 되는 건 아닐 것이다. 사후세계나 영혼 등이 그 예가 될 수 있을지도 모르겠다.

그러고 보니 내가 느낄 수 없고 만질 수 없다고 무조건 부인하는 건 꽤나 오만한 태도인 것이다. 한 술 더 떠 사물에 대해서만이 아니고 타인에 대해서도 나는 너무 쉽게 내 식대로 생각해오지 않았나.

인간의 마음은 법적으로 사 층인 건물 속의 칠 층 계단과 같은 것이었다.
이십, 구 년을 오르내렸음에도 불구하고 도무지 알 길이 없다.

— 박민규,《누런 강 배 한 척》중에서

바다 속에 강이 흐른다

헤밍웨이가 이런 말을 남겼다.
"바다는 비에 젖지 않는다."
해석은 다양한데 특히 관대한 사람의 태도를 가리킬 때 종종 쓰는 말이다.
그러나 비에 젖지 않는 거대한 바다의 속에도 계곡이 있고,
산도 있고, 결정적으로 강이 흐른다고 한다.

관대하다는 것 혹은 마음이 넓다는 건 상처를 안 받는다는 뜻이 아니라
상처를 감내할 줄 안다는 뜻이리라.
태평양처럼 넓은 마음을 가진 대인배의 속에는,
남들이 짐작조차 할 수 없는 깊고 푸른 강이 흐르고 있을 것이다.

타인의 말에 신경 쓸 필요 없는 이유

일주일에 두세 번 정도 가는 수영장에는 탈의실 관리를 해주는 아주머니가 여럿 계신다. 그 가운데 인기 짱 아주머니 한 분이 있다. 워낙 밝고 싹싹하고, 사람을 보면 항상 왔느냐 운동 많이 하라며 맞아주는 붙임성 좋은 성격이시다. 가끔은 음료수도 나눠주신다.

자기 할 운동만 하고는 쌩 하니 가버리는 사람들이 더 많은 공간에서 나이를 떠나 늘 먼저 인사를 하며 아는 척 해주는 이를 싫어할 사람은 없을 테고, 그런 연유로 그 아주머니는 인기가 많으시다. 나 또한 매일 같이 온다, 부지런하다, 새댁은 키도 크네 라는 칭찬이 싫지 않아서 나도 모르게 그 아주머니가 안 계시면 일부러 어디 가셨는지 물어볼 정도가 되었다.

얼마 전 재밌는 일이 있었다. 20대로 보이는 아가씨가 처음이라 잘 몰랐던 건지 실내수영장인데 비키니를 입고 온 것이었다(물론 실내수영장에서 비키니 입으면 잡아간다는 법이 있는 건 아니지만). 아주머니는 그 처자에게 몸매가 어쩜 그렇게 예쁘냐며 침이 마르도록 자태를 칭찬하셨다. 그러나 그 처자가 샤워하러 들어간 다음에 예상치 못한 반전이 있었다. 아주머니는 비키니 아가씨를 흉보기 시작했다. 수영장 기본 매너도 모르는 여자, 어디서 저런 야한 수영복을 입고 올 생각을 했을까 라면서.

나는 처음에 그 아주머니가 나만 칭찬하는 줄 알고 으쓱했다가 다른 사람에게도 모두 똑같거나 비슷한 칭찬을 하는 데 조금 실망한 기억이 났다. 그때 속으로 그랬다. 아, 저 분은 그냥 저렇게 말씀하길 즐겨 하는 분이구나. 그런데 가만 보면 말하는 것 자체를 좋아하는 사람은 꼭 좋은 말만 가려 하지 않는다. 나쁜 말도 말이니 즐겨 하는 경향이 있다.

그보다 더 이전에 나는 인터넷에 글을 쓰고 책까지 내면서 경험했다. 나에게 와서 좋다, 멋지다, 글 잘 쓴다, 님을 닮고 싶다 등등 흔히 '듣기 좋은 말'을 하는 사람은 다른 데 가서도 또 비슷한 칭찬과 감탄을 잘하는 성향인 확률이 높고 역시 비슷하게 자신의 감정에 따라 나에 대한 나쁜 말을 하는 일도 굉장히 손쉬워 하더란 것이다.

애송이 시절에는 손바닥 뒤집듯 반응이 달라지는 사람들이 참으로 이해도 안 되고 적잖이 상처를 받기도 했는데, 이제는 내가 매력이 떨어졌거나 뭘 잘못해서가 아니라는 것을 안다. 그냥 그러한 사람의 성향이 있을 뿐이다. 한동안 개혁의 아이콘이었던 정치인 안철수에 대한 현재 사람들의 평가가 그 사례가 될 수 있을까? 안철수(나는 처음부터 별로였지만)는 처음이나 지금이나 달라진 게 없다. 사람들의 시선과 반응이 달라졌을 뿐이다.

결론적으로 하고 싶은 말은 제목에 썼는데 다른 사람의 반응에 일희일비 할 것 없이 꾸준히 마이페이스대로 갈 수밖에 없다는 이야기다. 타인의 피드백이라는 건 큰 도움이 되기도 하지만, 거기에 의존하다 보면 중독이 되기 때문에 내 진심에서 우러난 걸 추구하는 대신 피드백을 얻기 위해 행동하는 경우가 생긴다. 창의적인 일을 하는 분들은 이런 남의 평가에서 조금쯤 마음이 무디어지는 법을 배우면 좋을 것 같다.

그래야 조금 덜 다칠지 모른다. 먼저 경험한 사람의 오버센스.

사람들이 작당해서 나를 욕할 때도 나는 이렇게 생각했어요.
'네놈들이 나를 욕한다고 내가 훼손되는 것도 아니고,
니들이 나를 칭찬한다고 해서 내가 거룩해지는 것도 아닐 거다.
그러니까 니들 마음대로 해봐라. 너희들에 의해서 훼손되거나
거룩해지는 일 없이 나는 나의 삶을 살겠다.'

— 김훈, 소설가

그토록 오래 기다려왔던 그는

그날은 아직도 내 평생 세 손가락 안에 꼽을 정도로 인상적인 날이었다.

2010년 5월까지 나는 그 흔한 사회인의 필수 자격 중 하나인 운전면허가 없었고 운전면허를 딸 어떤 계획도 없던 상태였다. 항상 남친이 운전하는 차의 조수석에 앉아서 다녔고 그게 너무 편해서 간혹 장거리 여행을 가면 그에게 미안한 마음도 없잖아 있었지만 그럼에도 운전대를 잡을 생각은 전혀 없었다.

당시로서는 미국에 가기 전, 미국은 차가 생활필수품이라니까 그전에만 따면 되지 하는 마음에(지금은 조금 시들해졌으나 미국 이민이 한동안 소원이었다) 운전면허란 미국에 갈 무렵에나 필요한 그 무엇이었다. 당분간 나와는 거리가 먼….

토요일이었는지 일요일이었는지는 가물가물하다.

늘 그렇듯 남친이 운전하는 차의 조수석에 앉아 일산의 장항IC를 들어서 절반쯤 지나고 있을 때였다. 그와 뭔가 이야기를 하다가 내가 웃으며 핸들을 잡지 않은 그의 다른 쪽 손목을 가볍게 잡고 있었는데 갑자기 마음속으로 아주 생생하고 또렷하게, '아, 이제는 운전을 하고 싶다.'라는 마음이 드는 거였다.

글로 적으려니 밋밋한데 그때 갑작스럽게 운전을 해야겠다, 운전면허를 따야겠다는 결심을 포함하는 그 느낌은 너무나 생생하며 확고하고 명징해서 당혹스러울 정도였다. 혹시 남친이 피곤해서 내가 운전을 해주었으면… 바라는 마음이 잡은 손을 통해서 나에게 전달된 걸까? 짐작도 했는데 정황상 그렇지는 않은 듯했다. 설명하기 어렵지만 너무나 또렷한 동시에 확고부동한 마음이었다.

그리고 나는 2, 3일 후에 퇴근 길 버스 안에서 운전면허학원이 있다는 걸 알았다. 늘 지나던 길에 있던 학원인데 그동안 한 번도 눈여겨보지 않았지만 뭔가에 홀린 듯 버스를 내려 학원에 등록을 하고 단 하루도 학원을 빼놓지 않고 일정대로 교육이며 강습을 모두 듣고는 최단시간 내에 운전면허를 땄다. 그게 5월이었고 6월엔 차를 샀고, 이후로부터 지금까지 차 없이 못 사는 생활을 하고 있다. 아무리 봐도 미스터리다. '그날' 남친의 손목을 잡고 있을 때 불현듯 떠올랐던 그 또렷한 마음, 확신.

　예전 책의 작업을 도와준 한 선생님께서 그런 말씀을 한 적 있다(정작 본인은 다시 여쭈어보니 기억을 못하시더라).

　"마음은 내가 정하고, 정리하고 하는 것이 아니라 저절로 그러한 확신이 서는 것입니다."

　내가 마음을 먹고 정하는 게 아니라 저절로 그러한 확신이 선다고? 그때는 선문답 같은 그 말을 도저히 이해할 수 없었다. 운전면허를 따려고 마음을 먹었던 그 순간을 경험하고 나서야, 그 선문답이 떠올랐다. 이후로 마음에 저절로 확신이 들고 나면 그때까지 해야지, 해야 되는데 라고만 했던 일들이 누가 시키지도 않았는데 초스피드로 단번에 이뤄지는 것을 많이 경험했다. 마치 때를 기다렸다는 듯 마음에 그 작지만 또렷한 확신이 생기고 나면 일들은 일사천리로 진행되었다.

　많은 사람들이 마음을 정하고, 정리하려고 무수하게 애를 쓴다. 다이어트를 해야지, 담배 끊어야지, 이제는 미련을 버려야지… 마음을 돌리려 하지만 잘 안 된다. 안타깝게도 '~해야 한다'는 당위성의 논리는 사람을 변화시키지 못하는 거다. 누구나 음주운전을 해서는 안 된다는 걸 알고, 누구나 끝난 일에 미련 남기는 건 자신만

손해라는 걸 안다. 하지만 '그래야 하는데…' 마음상태에서 변화는 생기지 않는다.

우리는 누군가 와서 자신의 삶을 바꿔주기를 오래도록, 오랫동안 기다린다. 내 뜻대로 안 되니 타인이나 다른 무언가의 도움을 구하고 누군가 나를 설득시키고 확신을 주길 기다리는 것이다. 하지만 그 일들은 다른 누군가가 대신할 수 없다. 사람이 변화하고 무언가를 해내는 것이 마음먹기에 달렸다고들 하는데 그 말에는 약간의 정정이 필요하다. 마음은 먹는다기보다 내 마음에 확신이 서는 그때라고 해야 한다. 그렇다면 그 확신을 가지려면 어떻게 해야 하죠? 물으면 나도 딱 부러지게 답을 못하겠다.

하지만 알게 될 것이다. 평생을 꿈꿔 온 소울메이트를 만나는 건 내 마음에 확신이 서는 그때라는 걸. 내 마음에 확신이 서는 순간 그토록 기다렸던 기회가 온 사방에 있음을 알게 된다는 걸. 우리가 그토록 오래 기다려왔던 사람은 다름 아닌, 바로 나 자신인 것이다.

계급장 떼고 만나자

수영장에서 한 아주머니가 자주 오는 할머니 한 분에게 어쩜 그렇게 수영을 잘 하시냐며 칭찬을 했다.

"나이 70 넘은 할망구가 하면 얼마나 잘 하겠노~."

"어르신~ 누가 70대로 보겠어요. 60대로 보입니다." 아주머니의 이 말에 할머니는 만면에 미소를 지으시며,

"옷을 이렇게 훌떡 벗어놔서 나이를 어찌 짐작하겠노~~? 밖에 나가서 옷 입은 걸 보면 할망구라고 하겠재~." 하면서도 함박웃음을 지으셨다. 아하! 그렇구나.

항상 비슷한 시각에 나타나는 접영 잘하고 몸매도 괜찮은 남자가 있었다. 당연히 총각이려니 하며 몰래몰래 훔쳐보는 금지된 쾌락⒴을 누리곤 했는데 어느 날인가 수영장에 딸을 데리고 와서 크게

놀란 적 있다. 비슷한 일은 그 후로도 여러 번 있었다. 분명히 배가 볼록 나온 임신부였는데, 수영장 밖에서 마주친 그녀는 살집이 오통통한 대학생이었다. 어디 그뿐인가. 어깨도 넓고 늘씬한 남자가 수영을 마치고 수영모를 벗는 순간 휑~~~ 한 그의 두피를 보고 멘붕에 빠진 적도 있다. 자세히 보니 꽤나 나이 많은 어르신이었다.

수영장에서처럼 신체의 대부분을 있는 그대로 노출하고 만질만질한 수영모로 머리카락까지 꽁꽁 감춘 상태에서 그 사람의 나이나 직업 등을 짐작하기란 정말로 쉽지 않다. 사우나에서 부자나 가난한 사람이나 매한가지인 것과 비슷하다. 발가벗고 있는데 의사인지 택배 아저씨인지 경찰관인지 알게 뭐란 말인가. 남자들이 하는 말 중에 "계급장 떼고 한번 붙자"라는 말이 있다. 사람이 걸친 옷 - 신분 - 을 벗은 다음에야 대등하게 주먹이든 발길질이든 주고받을 수 있다는 뜻이다. 남자들의 허세려니 흘려들었는데 이 말에 그런 깊은 뜻이 담겨 있던 걸까.

옷이나, 명품 가방, 헤어스타일을 통해서만 상대방에 대해 짐작해 볼 수 있다는 사실이 한 편의 블랙코미디처럼 느껴진다. 그 모든 부수적인 조건에서 벗어나 오롯이 상대방 자체만을 볼 수 있다면 그때 정말 사람 대 사람의 사귐이 가능하지 않을까?

지금보다 어리고 민감하던 시절
아버지가 충고를 한 마디 했는데 아직도 그 말이 기억난다.
"누군가를 비판하고 싶을 때는 이 점을 기억해두는 게 좋을 거다.
세상 모든 사람이 다 너처럼 유리한 입장에 서 있지는 않다는 것을."

— 스콧 피츠제럴드, 《위대한 개츠비》 중에서

내성적인 사람을 위한 변호

내향적인가? 외향적인가? 라는 성격 질문에 나는 외향적! 이라고 답할 사람은 별로 없을 것 같다. 라디오에서 들었는데 컬투의 정찬우처럼 입담 좋은 방송인도 스스로 자기는 내성적인 성격이라고 하더라.

나도 만나는 사람들에게 대부분, "성격 참 좋으시네요." "활달하시네요." "세일즈 하면 잘 하실 것 같아요."라는 말을 듣는다. 물론 사람 만나는 일이 어렵지는 않다. 처음 보는 사람과도 낯가림 없이 금방 친해지는 편이다(친해진다는 게 어떤 정도냐의 차이는 있겠지만).

그러나 많은 이들이 나를 외향적이고 적극적인 사람으로 보아줌에도 불구하고 내가 선호하는 것은 개인적인 시간, 조용한 사색, 한두 사람과의 깊고 오래가는 친분관계다. 인터넷이라는 오픈된 공간에 몇 년째 글을 쓰고 책도 냈지만 나는 카톡이나, SNS를 거의 하지 않는다. 친구도 별로 없다. 사람을 사귀고 만나는 일도 좋지만 그보다는 혼자 있거나 남편과 조용히 이야기하는 게 편하고 좋고 덜 피곤하다.

이런 나의 성격에 관해서 읽는 내내 고개를 주억거리게 해준 공감도서가 있다. 수잔 케인의 《콰이어트(알에이치코리아)》. 특히 소싯적 교회를 다닐 때 기억이 떠올라 얼마나 공감이 갔는지 모른다. 교회에 간 첫날, 나는 여러 번 놀랐다. 처음엔 예배당 규모에 놀랐고, 두 번째로는 생판 모르는 사람들이 예배 시작 전에 얼싸안고 사랑합니다! 라고 나누는 인사에 놀랐고, 마지막으로 매주 성경공부 모임이나 길거리 전도 등에 참석하는 교우들의 열성에 놀랐다.

성격상 그런 부분들은 나에게는 큰 부담으로 다가왔다. 성경책을 읽고 교리를 묵상하는 건 잘할 수 있고 개인적으로도 행복한 시간이었지만, 작은 교회는 작은 교회대로 큰 교회는 큰 교회대로 교우들의 함께하자는 등쌀에 거부감이 심해 교회는 멀어지게 되었다. 책에서는 교회에서 나와 같은 피로함을 경험한 내성적인 사람들의 이야기가 많았다.

자기주장을 내세우지 않는다고 생각이 없거나 생각의 깊이가 짧은 것은 아니며, 반대로 목소리가 크고 대외적인 활동을 많이 한다고 대단한 사람도 아닌데(특히 정치인) 사회에서는 외향적인 사람이 쉽게 리더가 되고 목소리 큰 사람은 유능하다고 인정받는다. 직장에서는 이런 경향이 심하다. 내가 회사를 다닐 때 진절머리 나게 싫었던 부분은 그 사람이 한 일에 대한 평가는 인색하면서 처세에는 후한 점수를 주는 조직 문화였다.

겉으로 드러나지 않아서일 뿐이지 내향성의 사람들이 이룬 탁월한 업적도 알고 보면 상당할 것이다. 책에서도 문학, 디자인, 사업 등 다방면에서 활약한 내향적인 사람의 예를 들고 있다. 그러니 자신이 좀 더 적극적(외향적)이면 얼마나 좋을까? 이렇게 소극적이어서 어쩌나 라며 자책할 건 아니다. 내가 속해 있는 사회의 문화가 그러할 뿐이니까.

《아침형 인간》이라는 책이 베스트셀러가 된 적 있다. 책이 유명세를 타면서 '아침형 인간' 열풍이 불었고 학교, 기업, 관공서 어딜가나 아침형 인간이 되자는 구호로 가득했다. 현재는 한물간 유행이 되어 거의 잊혔지만 아직도 상당수 교사, 기업가 등 사회 유명인사들이 '아침 일찍'의 중요성을 강조하곤 한다. 나도 한때 아침 이른 시간에 일어나서 글을 써보면 어떨까? 이러저런 시도를 해보았다. 결론부터 말하면 아침형 인간이 되고자 한 시도는 스트레스만 남기고 모두 실패로 돌아갔다. 나의 생체시계는 도무지 '아침형'이 아님을 깨달은 것을 수확이라고 해야 하나.

기본적으로 사람은 다르게 타고난다. 그것을 인정하지 않고 무조건 뜯어고치려다가는 '아침형 인간' 또는 '외향적인 사람'의 시행착오에 빠진다. 자기계발보다 중요한 것, 그것은 '자기 발견'이다.

한 사람의 개성은 강점이나 약점과 마찬가지로 개인이 가지는 특징이다.
일부 수정할 수는 있어도 바꾸는 것은 사실상 거의 불가능하다.
자신을 바꾸려고 시도해 보라.
이는 성공할 수 없으므로 다만 시도에 그칠 뿐이다.
그러나 자신의 일하는 방식을 개선하려고 노력해 보라.
이것은 가능한 일이며 언젠가는 현실이 될 것이다.

— 피터 드러커, 경영학자

땅콩이 지나쳐서

한동안 빵이 좋아서 베이킹에 취미를 붙여 봤는데(지금은 때려치웠지) 베이킹을 하면서 깨달았다. 하나는 난 베이킹에는 별 소질이 없다(아직도 인정하고 싶지 않다)는 것, 다른 하나는 무어든 재료의 양이 적당히 배합되어야 완성품이 제대로 나온다는 것.

그 좋아하는 땅콩쿠키를 만들었는데 사먹던 제품에서 늘 2% 아쉽다고 여겼던 땅콩을 아낌없이 팍팍 넣어 주었건만 다 구워진 쿠키는 쉽게 부스러져 모양 유지가 불가능했다. 땅콩이 많이 들어가 반죽 사이에 공간을 너무 차지하다 보니 생기는 현상이었다.

땅콩쿠키만이 아니고 무얼 만들건 간에 내 손으로 만들어 먹는 거니까 재료를 아끼지 않겠다! 하며 퍼 넣다간 근사한 완성품을 기대하기가 어려웠다. 밀가루, 계란, 버터, 설탕, 향료, 건포도, 호두 등

등. 좋다는 건 무조건 많이 넣을수록 맛이 좋아질 것 같지만 그 반대다. 사람과 사람 사이, 또 일과 사람 사이도 적당히 배합이 되고 조화가 이루어져야지 어느 한 군데만 치우치면 그 일은 그르치기 쉬울 게다.

어릴 때 들었던 노래 가사 중에 그런 게 있었다. '사랑도 넘치면 쉽게 이별이 온다'는. 무슨 일에든 균형이 맞아야 하고, 부러 애쓰고 전력투구하는 분야에는 '과유불급'임을 맘에 새겨야겠다. 여기까지 생각하고 보니 '라면 5인분'의 악몽이 재림하는 오싹한 기분이 들었다. 역시 양이 많은 건 무섭다.

그리스 신화에 프로크루스테스라는 고약한 강도의 이야기가 나온다.
그는 강가에 살면서 지나가는 여행자를 초대해서는
자신의 침대에 눕혀 침대보다 키가 크면 여행자의 머리를 자르고,
침대보다 작은 여행자인 경우에는 다리를 늘려서 죽였다.
여기서 유래하여 '프로크루스테스의 침대'는 자신의 기준에 맞춰
남을 뜯어고치려 억압하는 사람의 비유로 종종 쓰이게 되었다.

나에게도 프로크루스테스의 침대가 있다.
또 이 글을 읽는 당신에게도 프로크루스테스의 침대가 있어
누구든 거기에 눕혀 마음대로 그를 재단한 적 있을 것이다.
세상의 모든 가르침이나 교훈은
"이 글을 까칠한 박 대리가 좀 봤으면 좋겠네…." 할 게 아니라
먼저 자신이 읽어야 한다고 생각하면 딱 맞다.

담배 끊은 지 2년이 넘었는데 나를 만나면 담배를 좀 줄이라고 충언해주는
친지들이 많다. 내가 골초였던 기억을 미처 수정하지 못한 분들이다.
끊었습니다, 라고 말해도 믿지 않는다.
그들은 실재하는 이외수보다 자기가 만든 이외수를 더 신뢰한다.

— 이외수,《아불류 시불류》중에서

사랑하는 사람에게 절대
보여주지 말아야 할 것

연금술사에 나오는 유명한 말이다. 온 마음으로 간절히 무언가를 원하면 이 세상이 나를 도와주려 움직이게 된다….

그런데 이 절실함은 우주나, 어떤 자애로운 신한테는 통하는 제스처일지 모르겠는데 적어도 자기 앞가림이 우선인 사람 앞에서는 그리 유용한 덕목은 아니라고 본다.

사람은 본능적으로 말하지 않아도 상대방에게서 전해오는 어떤 절박함의 냄새를 맡을 수가 있다. '이번만은 반드시 돼야 해! 이번에는 꼭 행복할 거야, 반드시 그녀를 되돌리고 말겠어!' 등등. 이런 절실함을 가지고 들이대는 사람을 보면 와- 이 사람에게 발목 잡혔다간 자칫 하다간 나도 골로 가겠다… 싶은 공포가 느껴질 때가 있다. 어쩔 수 없이 그런 사람은 나도 모르게 피하고 싶어진다. 사람은 누구나 자기의 행복, 자기의 평안이 우선이라 괜한 위험을 감수하는 건 싫기 때문이다. 물에 빠진 사람은 건져주는 게 옳지만 실천하기는 어려운 이유다. 저 사람 살리려다 나도 죽으면 어떡해? 하는 마음이 앞서니까.

돈에 대한 절박함도 마찬가지. 그 돈 없으면 나 죽어 하는 상태로 돈 빌리러 가면 누구에게도 돈 빌리기 쉽지 않다. 상대방도 돈을 돌려받을 수 있을지 불안하기 때문이다. 그래서 돈을 꾸러 가려면 옷이라도 최고로 잘 차려입고 가라는 말이 있다.

그러니 이런 필사의 절박함은 될 수 있으면 감추길. 특히 연인관계라면 지금 만나는 이 남자만큼은 꼭 잡아서 행복해지고 말 거야! 이런 의도를 상대방에게 눈치채여서는 안 된다. 나 또한 예전에 그토록 간절하고 절실한 마음으로 나를 낱낱이 드러내 보이고도 거절당했을 때, 어떻게 이토록 간절한 내 마음을 외면할 수 있지? 싶었는데 이제와 생각해 보면 그도 그럴 수밖에 없었던 거다. 사랑한다면서 네가 아니면 죽을 것 같아! 넌 나의 전부야! 라는 뉘앙스를 풍기는 여자에게는 상큼발랄한 로맨스 영화보다 피가 난무하는 호러 영화의 이미지가 먼저 떠오르기 때문이다. 달콤하고, 기분 좋고, 행복할 것이 전혀 기대되지 않는 연애를 누군들 쉽게 받아들여줄 마음이 생길까.

바람둥이가 인기 있는 이유는 특유의 가벼움 때문이다. 꼭 붙잡고 싶은 대상이 있고 그 대상이 사람이라면, 자신에게서 풍기는 그 비련의 여주인공 느낌부터 떨쳐내면 좋을 거다. 이걸 달리 표현하면 자기 자신을 먼저 사랑하라는 말이 될 수 있을까.

라이벌

사람들은 보통 경쟁자가 없기를 희망하고,
'아! 쟤만 없으면 내가 더 잘나갈 텐데!' 하지만,
경쟁자가 없다는 게 꼭 좋지만은 않은 것 같다.
아사다 마오나 김연아 선수, 둘 중 한 사람이 없었으면
다른 한 사람이 그렇게 극적인 각광을 받을 수 있었을까?
스티브 잡스와 빌 게이츠도 마찬가지.
나를 발전하도록 자극하는 라이벌이 있다는 건,
그런 의미에서 굉장한 행운이라고 봐야 하는 일인지도.

Do or Do not. There is no try

사람이 무언가를 하려고 할 때

그 일을 해야 하는 이유를 열 가지로 댈 수 있다면,

마찬가지로 그 일을 하지 않아야 하는 이유도

열 가지 이상으로 댈 수 있다.

하거나, 하지 않거나 단순한 결정의 문제만이 있을 뿐이다.

거기에 대한 이유와 근거라는 건 사족에 불과하다.

오랜 시간을 고민하거나 짧은 시간을 고민하거나

결론은 하거나, 하지 않거나 둘 중 하나이니까.

자신의 외부, 타인, 혹은 사물, 사건을 볼 때도

좋은 면을 발견할 수 있으면 나쁜 면 역시도 발견이 되어야 하고

100% 좋음, 100% 나쁨만 보인다는 건

자신이 어디론가 치우쳐 있다는 뜻이다.

자신이 치우쳐 있다는 건

그러한 방향의 시각으로 보기로 내심의 결정을

이미 했다는 의미다.

그래서 고민이란 부질없는 일.

그냥 결정하는 것뿐.

하거나, 혹은 하지 않거나.

이 진리는 일찍이 〈스타워즈〉의 마스터 요다의 명대사로 전해진다.

Do or Do not. There is no try.

자기연민에 대하여

여름 휴가철 한참 출판 시장 비수기에 힘들 때였다.

출판인들이 모인 카페에서 어떤 사장이 "매출이 몇 달째 도무지 나아지질 않네요. 출판사를 계속할 수 있을까 자신감이 바닥을 칩니다."라고 쓴 글을 봤다. 그걸 보고 든 생각은 '앗~ 나만 그런 거 아니었네. 다행이다.' 힘들고 어렵다는 남의 사정 앞에서 아이 쌤나! 고소미맛! 하는 심보였던 건 아니다. 내 사정도 크게 다르지 않으니까, 그래 지금은 여름 휴가철이고 비수기지~ 나만 그런 거 아니니까 괜찮다 힘내자. 그 글에서 이런 위안을 받은 것이다.

인터넷상에서 흔히 볼 수 있는 연애고민 게시판도 이런 카타르시스(?)를 느낄 수 있는 위로의 공간이다. 연애 찌질이는 세상에 나 하나뿐인 것처럼 느껴질 때 게시판에 들어가면 어떤 놈은 여자를 때렸다네? 어떤 놈은 여자 돈을 떼먹었다네? 에혀~ 연애가 다 거기서 거기구나 하며 힘들어하는 다른 사람의 글을 보고 오히려 안심을 한다. 나만 힘든 거 아니었구나 하면서.

한 사람, 한 사람이 다르고 각자만의 개성과 똘끼가 충만한 건 사실이지만 두발가락 나무늘보와 세발가락 나무늘보가 같은 종인 것처럼 사람 또한 사람으로서 공통적으로 적용받는 것들이 있다. 선생님이 질문을 하면 대부분 클래스가 조용한 이유는 나만 모르는 게 아니기 때문이다. 옆자리 영철이도 모르고 뒷자리 홍철이도 모르니까 다들 가만있는 거지. 이번에 친 토익이 어려웠다면 나 혼자 어려운 게 아니고 남들도 어려웠을 것이다.

우리는 살면서 가끔 자기연민에 빠지곤 한다. 자기연민에 빠져서는 자신을 이 세상에서 제일 불쌍하고 불행한 사람으로 여긴다. 나만 못났고, 나만 찌질하고, 나만 집착녀 같고, 나만 돈 없는 거 같고….

첫사랑에 실연했을 때 나는 내가 이 세상에서 제일 불행한 사람인 줄 알았다. 집안 형편이 기울어 네 식구가 전부 실업 상태에서 합정동의 반 지하 빌라에 살았을 때도 그렇게 불행한 사람은 나밖에 없을 거라고 생각했다. 나중에 보니 세상에 그런 일은 너무나 흔한 거였다. 연인을 잃거나 잘 낫지 않는 병에 시달리거나 집안 형편이 어렵거나 부모님이 이혼하거나 하는 일은 한 집 걸러 한 집에 대부분 있는 스토리였다.

사람이기 때문에 우리는 비슷한 문제로 고민하고 비슷한 일로 행복해한다. 억지로라도 고개를 들어 주위를 보자. 때로는 성공한 사람들의 이야기보다 실패하고 망한 사람들의 이야기가 더 큰 위로와 힘이 되어준다. 그리고 내가 어려움을 극복해내면 나의 고생담은 또 비슷한 문제로 어려움을 겪는 누군가에게 희망이 되어줄 수 있음도 기억하자.

우리는 혼자가 아니다. 쪽팔림은 잠시다. 힘들 땐 누구라도 붙잡고 툭- 털어놓자. 인터넷 익명게시판도 다 우리 같은 보통사람을 위해 존재하는 거니까.

긍정과 부정 사이

사람의 마음은 언제나
자기 과신 - 자기 비하 사이의 어디쯤을 오가기 쉽다.

아이에게 머리가 좋다고 칭찬을 해주면 오히려 성적이 떨어진다고 한다.
자기를 과신하면 필수적인 노력도 안 하기 때문이다.
자기 비하에 빠지면 타고난 능력을 제대로 써 볼
생각조차 못하는 면에서 그 역시 바람직하지 않다.

긍정과 부정 사이에는 인정이 있다.
자기를 실제보다 부풀려서 생각하지 않고,
실제보다 위축된 모습으로 생각하지 않기.
장밋빛 긍정보다, 냉철한 부정보다 앞서는 일.
나는 그냥 나다.

3. 나무늘보처럼, 슬렁슬렁

더 빨리 흐르라고
강물의 등을 떠밀지 말라.
강물은 나름대로 최선을 다하고 있는 것이다.

— 장 루슬로, 시인

나무늘보처럼, 슬렁슬렁

＊ 나무늘보 :

위키백과에 '세상에서 제일 게으른 동물'이라고 기술되어 있으며, 하루에 15~18시간을 잔다. 주식은 나뭇잎으로 하루에 2~3장을 먹고, 1주일에 1번 정도 배변을 위해 땅으로 내려온다. 체중도 가벼워서 거의 나무에 매달린 채로 모든 생활을 해결한다. 시속 900m(초속 25센티)로 움직이며 움직임이 느린 것은 근육이 적기 때문이다. 나무에 매달려 살기 때문에 털이 거꾸로 나며 움직임이 너무 느려서 털에 녹조류가 자란다.

게으름뱅이의 대명사, 나무늘보.

오죽하면 영어명(Sloth)도 일어명(なまけもの, 樹懶)도 모두 게으름과 나태를 의미할까.

하지만 느릿느릿한 움직임만 보고 게으름뱅이라고 한다면, 나무늘보 입장에서는 좀 억울할 수도 있다. 달팽이도 느리고 거북이도 느리니까. 또 빠르다고 좋은 것만도 아니다. 지구상에서 가장 빠른 동물로 알려진 치타가 전력질주 할 수 있는 시간은 불과 몇 분에 지나지 않는다. 그 이상 달리면 체온이 너무 높아져서 심장에 무리가 가기 때문에 죽을 수도 있다. 그래서 치타는 한 번 사냥을 하고나면 아주 오랫동안 쉬어야 한다.

반면에 나무늘보는 육상에서만 느리지 물에서는 수영선수처럼 날래다. 게다가 하루 나뭇잎 2장이면 그날의 식사가 끝나는 효율의 끝판왕인 동시에 상당히 귀여운 외모(?)로 여태껏 멸종당하지 않고 꿋꿋하게 살아남았다. 이 정도면 사기 캐릭터라고 할 만큼 좋은 점이 많지 않은가.

"스트레스로 가득한 날이 있으면 나무늘보를 기억하세요. 존X 아무것도 안 하는 주제에 아직도 멸종 안 됐습니다."

인터넷에서 본 "나무늘보의 진실"이라는 유머 동영상에 나온 자막이다. 그걸 본 순간 이거구나 싶었다. 직업을 찾는 일도, 결혼도 평균보다 한참 늦은 나이기에 더 공감이 갔다. 아마도 남은 내 인생에서 복권 당첨이나, 가수 싸이 만한 성공은 힘들지 모른다. 인생역전 스토리가 나의 이야기가 되면 좋겠지만 그 전에 드라마틱하고 처참하게 망해야 한다는 선결 과제가 있다. 흠, 그렇다면 적당히 나쁜 일 없이 가늘고 길게 사는 건 어떨까.

　나무늘보를 좋아하게 되면서 내 삶의 속도는 현저하게 느려졌다. 삶의 속도가 늦춰지자 그동안 못보고 지나쳤던 것들을 다시 찬찬히 볼 기회가 생겼다. 놓쳐버린 이득에 덜 연연하게 되었고, 몸과 마음을 혹사하는 일이 적어졌다. 그렇게, 나는 느리지만 조금은 더 단단해질 자신을 기대하고 있다. 나무늘보처럼 슬렁슬렁~ 애씀 없이 살면서.

생존하는 종이란 가장 강한 종도,
가장 지능이 뛰어난 종도 아니다.
그것은 변화에 가장 잘 적응한 종이다.

— 찰스 다윈, 생물학자

목적 있는 삶, 목적 없는 삶

막 기독교 신자가 되었을 무렵 《목적이 이끄는 삶》이라는 책을 읽게 되었다. 이 책은 한국만이 아니라 전 세계적으로 히트를 친 베스트셀러로 교회에서 교재로도 많이 쓰였다. 그런데 이 책을 통해 비로소 눈을 뜬 '삶의 목적'이라는 개념은 처음 접했을 땐 굉장한 동기유발의 요소였는데, 시간이 지나면서부터 점점 부담스런 슬로건으로 변해갔다.

인생의 목적이 뭔지도 모르는 채 평범한 직장인으로 삶을 낭비하며 살면 안 될 것 같고, 어서 내 인생의 진정한 목적을 찾아야 한다는(교회에서는 '선교와 전도'를 목적이라고 가르쳤다) 조급함에 혼란스러움만 더해갔다. 게다가 인생의 목적을 찾았다며 환하게 웃으며 교회에 출석하는 다른 교우들과 비교하니, 인생의 목적도 모르는 나는 점점 자신이 초라하게만 느껴졌다.

그때 내 생활은 '삶의 목적'이라는 대의명분에 일상의 소소한 기쁨과 행복이 희생되는 날이 많았다고 평가해야겠다. 관념론에 사로잡혀 현실이 망각된 격이라고나 할까. 물론 그 책의 심오하고 깊은 메시지를 발견하지 못한 나의 문제일 수도 있지만, 개인적으로는 '목적이 이끄는 삶'이 오히려 '있는 그대로의 내 삶'을 방해하는 것 같았다. 누군가의 마음을 얻기 위해 사랑하는 게 아니라 그냥 사랑하고 싶어서 사랑하듯이 삶에 목적을 위해, 목적에 이끌리는 삶보다 하루하루 충실한 현재가 생의 목적 아닐까?

요즘은? 삶에 목적이 있어야 한다는 생각을 버리고부터는 훨씬 편하게 지내고 있다. 여전히 예수님을 좋아하지만 교회는 오래전에 포기했다.

버티지 '않는' 삶을 권하며

　내가 좀 삐딱하게 보는 흔한 말 중에 "최선을 다하면 미련이 안 남는다. 그만두더라도 최선을 다해라"가 있다. 최선을 다하라는 말이 어쩐지 '열정페이'를 연상시키는 구석이 있어서일까? 묻고 싶다. 최선을 다하면 미련이 안 남고 후회가 안 남던가? 정말로?

　후회가 없기는 개뿔~ 이건 정말이지 그냥 떠드는 소리다. 실상은 반대에 가깝다. 최선을 다한답시고 애를 쓰면 쓸수록 더 미련이 남고 그렇게까지 노력할 필요는 없었어! 후회만 깊다.

　매사에 바닥을 보아야 멈추는 사람은 미련한 사람이다. 고스톱을 치는데 계속 잃기만 하면 중간쯤에서는 오늘은 일진이 별로네~ 하며 털고 나올 수 있어야지 끝까지 밀어붙이면 손목을 잃거나 노숙자가 될 터. 싫다는 사람에게 최선을 다해 들이대면 스토커가 된다. 아무리 배가 고파도 종자 씨는 먹지 말라고 했다. 최선을 다한다며 자신의 전부를 퍼붓고 완전히 탈진하면 회복하는 데 두 배, 세 배의 시간이 소요된다. 회복하는 동안 다른 기회들은 흘려보내게 될 테고. 최선을 다하는 것과 상관없이 성취하지 못한 일에 미련과 후회는 필연이다.

얼마전에 한 칼럼니스트가 에세이집을 냈다. 제목하여《버티는 삶에 관하여》. 꽤 잘 팔리는 그 책의 맥락이 어떤 건지 안다. 지은이가 왜 버티라고 하는지도 공감한다. 개인적으로 잘 썼다 싶은 글들이다. 그럼에도 여전히 자신을 소진해가며 버티는 일을 나는 추천하고 싶지 않다.

우리나라 40대 중년 남자의 사망률이 세계 1위를 차지하는 이유가 무엇일까? 어떻게든 버티면 되겠지 라며 자신의 몸과 마음을 전혀 돌보지 않는 그 무신경함 때문은 아닐까?

버틴다는 생각으로 다니는 직장이 즐거울 리 없고, 버틴다는 생각으로 유지하는 관계가 행복할 리 없다. 최선을 다하지 말자. 슬렁슬렁~ 할 수 있는 만큼만 하자. 될 일은 굳이 노력하지 않아도 되고, 안 될 일은 아무리 애써도 안 된다.

"일어나야 할 일은 내가 원하건, 원치 않건, 일어나고야 만다."

— 드라마 〈별에서 온 그대〉 도민준의 대사 중에서.

계획 없으면 어때

새해를 시작할 때면 항상 그 해의 상반기에 할 일, 하반기에 할 일 등을 계획하고 이뤄지길 바라는 것들을 적은 표를 만든다. 연말에는 얼마나 이루어졌는지 이 리스트를 점검하는 시간을 갖곤 한다.

그런데 계획표와 비교하다 보면 신기한 것을 발견한다. 매해 나의 연간 계획표에는 월수입이 얼마가 되고 책 몇 권을 내고 그 책들이 베스트셀러가 되고 다이어트 5킬로! 같은 내용이 주를 이루는데, 이런 목표나 희망사항은 대부분 이뤄지지 않는다는 점이다.^^ 하지만 수영 배우기, 프러포즈(2013년), 제주도 한 달 살기(2014년) 이렇게 리스트에 없던 일들은 자연스럽게 하게 되었고 계획하지 않았던 이런 일들은 오히려 큰 기쁨을 주었다.

비단 1년 전 계획뿐만이 아니라 현재의 내 모습은 스무 살에 꿈꿨던 마흔의 내 모습과는 많이 다르다. 한 마디로 계획대로 되지 않은 것이다. 그러면 계획대로 이뤄지지 않았다고 해서 불행한가? 아니, 그렇지 않다. 그보다는 과연 내가 이렇게 되어야 해! 라고 생각하고 계획했던 것들이 정말 나에게 필요한 것이었을까? 돌아보게 된다. 흔히 필요하니까 원한다고 생각하지만, 원하는 것과 필요로 하는 것이 꼭 일치하지 않는 경우도 많다.

올해는 조금 늦어지고 있지만 나는 앞으로도 계속 계획표를 작성할 예정이다. 사람은 구체적인, 눈에 보이는 이정표가 있지 않으면 필수적인 노력조차 하지 않으니까. 하지만 마음은 열어놓아야지. 열심히 일해서 받는 월급도 좋지만 가욋돈이 생기면 그처럼 신나는 일이 없잖은가. 그렇게 삶에 내게 주는 반가운 것들을 맞아들일 마음의 여유를 가져야겠다.

까만, 아주 까만 밤

내가 살고 있는 인천의 집은 서울 한 복판까지 1시간 정도면 갈 수 있는 거리임에도 아파트촌을 조금만 벗어나면 불빛 한 점 찾아보기 힘든 곳이다.

평소에 자연에 살리라~ 모든 생명체를 사랑한다~ 떠들고 다니는 나지만, 밤이 되면 이야기가 다르다. 인적이 너무 드물어 외출을 삼가는 건 당연한 일이고, 밖에 나갔다가 야산에서 들려오는 생소한 짐승의 소리에 겁을 먹을 때도 있다

꽤 오랫동안 한 점 불빛이 없는, 깊고 어두워 한 치 앞을 분간할 수 없는 까만 밤이 있다는 걸 잊고 지냈다. 하지만 밤의 본질은 그렇게 어두운 것 아니던가. 밤은 계절이 순환하는 것과 마찬가지로 거부할 수 없는 자연의 섭리이며, 그렇기에 날이 밝아오길 기다려야

만 하는 인내의 시간이다.

　도시에서는 밤을 잊은 듯 산다. 화려한 불빛 아래 쇼핑을 하고 술을 마시고 낯선 사람과 시간을 보내며 자신을 괴롭히는 망령들을 어떻게서든 쫓아버리려 한다. 하지만 밤을 밀어내는 건 도시의 조명이 아니라 새벽의 여명이듯, 어떤 문제는 오직 시간만이 해결할 수 있다. 그전까지는 그저 깊이 자두는 것만이 최선이리라. 애쓰지 말자. 시간만한 명약이 없으므로.

어쩌다 보니 인권 변호사

영화 〈변호인〉은 노무현 대통령의 변호사 시절을 소재로 한다. 노무현 대통령은 원래 부산에서 잘 나가는 세무 전문 변호사로 사업수완이 좋아 돈도 꽤 많이 벌었다고 한다. 그러던 그가 인권 변호사로 전향하게 된 계기는 '부림 사건'의 변호를 맡게 된 일이었다. 그는 그 우연을 통해 민주주의 투사로 거듭났다.

우연을 계기로 이전과는 전혀 다른 생의 행로로 접어든 사람들의 이야기는 찾아보면 꽤 많다. 얼마 전 알리바바 상장으로 대박을 친 알리바바 마윈 회장도 평범한 영어 강사였단다. 미국 출장길에 우연히 인터넷을 접하고서 인터넷 기업을 차리기로 결심했다고. 우연히 하게 된 알바, 우연히 읽은 책 한 권, 우연히 떠난 여행, 우연한 만남을 통해 인생이 바뀐 이야기들.

우리는 자신의 의도와 계획대로 오차 없이 흘러가는 인생을 꿈꾸지만, 삶이란 우연에 의해 지배되는 경향이 더 크다. 그리고 이 우연을 어떻게 받아들이느냐에 따라 삶은 180도 달라진다. 중요한 건 기회 앞에서 어떤 선택을 하느냐는 온전히 자신의 몫이란 점이다. 노 대통령이 세무 전문 변호사로 호의호식하며 인생을 마무리할 수도 있었던 것처럼.

결혼적령기는 언제인가?

요 근래 와서 사회분위기가 많이 바뀌어 결혼? 해도 그만, 안 해도 그만 추세로 가고 있지만 몇 년 전만 해도 결혼에 대한 압박은 남녀를 불문하고 상당한 수준이었다. 오죽하면 명절 때 듣기 싫은 잔소리 목록 중 1위였을까.

나도 '결혼적령기'를 놓치지 말라 귀가 따갑게 들었는데 어떻게 사람마다 성격과 환경이 제각각인데 결혼적령기는 28-32세로 획일화될 수 있는지 의문이다. 임신과 출산을 전제하면 '가임적령기'라는 표현에는 공감할지언정 결혼적령기라는 표현은 지양되었으면 한다. 어쨌거나 나는 통상의 기준으로는 결혼적령기를 훨씬 넘기다 못해 재혼하는 이들도 왕왕 있는 나이 마흔에 결혼했지만 20, 30대에 결혼한 사람들과 하나도 다를 것 없이 행복한 신혼생활 중이다.

다시 주장하며 권하지만 혹시 싱글 중에 결혼은 언제 하느냐 구박당할 때 흔들리지 마시라고. 자신이 준비되어 기꺼운 마음으로 결혼하는 그때가 바로 그 사람의 결혼적령기니까.

타로 상담가는 왜 거짓말을 했나

거의 12, 3년 전쯤 이야기.

오랫동안 사귄 남자친구와 헤어지고서 너무 힘든 마음에 홍대 근처의 한 카페에 들렀다가 타로카드 상담을 받았다. 카드 봐주는 분이 고르라고 해서 몇 장의 카드를 뽑았는데 다른 건 기억 안 나고 '꽃피어남'이라는 카드 하나만 기억난다. 그림이 화사해서.

나는 타로 상담가에게 뻔한 질문을 던졌다.

"헤어진 남자친구가 다시 돌아올 가능성이 있을까요?"

상담가는 잠시 생각하는 듯하더니 "남자친구가 님을 아직도 좋아하는군요. 돌아올 가능성이 있어 보여요."라고 하는 거였다. 비록 타로점이지만 그 말을 듣고 얼마나 기뻐했는지 모른다. 감사하다며 한결 가벼워진 마음으로 카페를 나왔다. 그리고 한동안 헤어진 남자

친구를 더 기다렸지만 카드 예언대로(?) 남자친구가 돌아오지는 않았다. 얼마 후엔 새로운 남친이 생겨서 더 기다릴 필요도 없었고.

그 후 몇 달이 지나서 친구를 만나 홍대에 들렀다가 다시 그 타로카페에 들르게 되었다. 혹시나 했는데 같은 사람이 여전히 상담을 하고 있었다. 타로 상담을 청한 다음 혹시 나를 기억하는지 물었다. 몇 달 전에 이러저런 문제로 타로상담을 받았고 남친이 돌아올 거라고 했었는데 안 돌아왔다. 결과가 왜 안 맞느냐고 약간 따져 묻듯 했다(지금 생각하니 그 사람 입장에서는 참 황당했을 듯). 그랬더니 그 상담가는 안경 너머로 나를 빤히 쳐다보더니,

"남자친구가 돌아올 가능성이 전혀 없다고 하면 심정이 어떠셨을까요? 아마 견디기 힘드셨겠죠. 제 기억으로는 다른 인연이 나타난다고 해도 받아들이기 힘든 상태였습니다. 어쨌든 그때는 제가 드릴 수 있는 최선의 조언을 드렸다고 생각합니다."

의외의 답에 얼굴이 확 달아올랐다. 나를 배려해준 그 상담가의 호의에 존경심마저 생기면서 타로점 하나도 안 맞네 뭐~ 하고 딴지를 걸려던 자신이 도리어 몹시 부끄러워졌다. 그의 말대로 나는 남친이 돌아올 거라는 희망을 가졌기에 상담을 마치고 돌아가서 폐인모드에서 벗어날 수 있었던 거다.

'그가 돌아온다니까 다이어트도 하고 꾸미고 이제 그만 우울해 하고 예전처럼 웃으며 지내야지.'

아마 그렇게 지낸 덕분에 예전 사람이 돌아오진 않았어도 새 연인이 생겼던 것이리라.

이제는 내가 그때의 타로 상담가처럼 가슴앓이를 하는 사람들의 상담을 가끔 해주는 입장이 되었다. 아니라는 걸 알면서도 마냥 희망적인 말을 해주며 스스로 위선적이라고 느낄 때도 있다. 하지만 지난 기억 속에서 "현실은 그리 만만하지 않아! 정신 차려!"라는 조언도 도움이 되긴 했지만 휘청거리는 나를 붙들어주었던 건 타로상담가의 착한 거짓말 같은 괜찮아, 잘 될 거야 희망을 주는 누군가의 위로와 격려 한 마디였다.

살면서 우리는 누군가에게 조언을 받기도 하고 또 해주기도 한다. 시궁창 같은 현실이라고 해서 잘 될 거야, 괜찮아 토닥토닥 하는 힐링의 말들 따위 모두 부질없다고 할 수는 없다. 주제를 파악하라는 돌직구 조언이 상대방을 '두 번 죽이는' 결과를 낳을지도 모른다.

나는 아직도 그날의 타로 상담가가 읽은 꽃피어남 카드의 정확한 의미가 궁금할 때가 있다. 남친이 돌아온다는 카드 리딩의 결과는 틀렸지만 그 후로 나는 더 좋은 사람을 만나고 더 행복하게 되었으니, 어쩌면 그때 꽃피어남 카드는 정확히 미래를 예언해주었던 건 아닐까.

휴식인가, 휴가인가

남편과 1박 2일로 여름휴가를 대신해서 시내 호텔에서 하루를 보내기로 한 날이었다.

호텔이니 야외수영장도 있고 바도 있고 구경거리가 많을 것 같아(으, 촌티) 옷도 챙기고 노트북을 가져가랴 책을 가져가랴 부산을 떨고 있는데 그는 손가락 하나 까닥 안 하는 거였다. 분주한 나와 다르게 너무 한가한 그의 모습에 짜증이 났다. 수영장도 가고 구경도 하려면 옷이라도 몇 벌 담아가라고 하니 자기는 수영장이 싫다며 그냥 방에서 쉰다는 답이 돌아왔다.

그 말에 부아가 치밀었다. 그럴 거면 집에서 쉬지 비싼 돈을 주고 뭐 하러 호텔에 가는가 말이다. 그러나 다년간의 경험으로 이럴 때 잔소리를 퍼붓기 시작하면 완전 삐딱선을 타는 그의 스타일을 잘 알고, 휴가 당일 아침부터 기분을 망치고 싶지 않아서 조용히 참았다. 잠시 후에 찬바람이 쌩쌩 부는 나를 감지한 그는 마지못해 수영복이라며 반바지 등을 주섬주섬 챙기기 시작했고, 그의 양보(?) 덕에 오후에는 무난히 내 계획대로 호텔 놀이가 진행될 것 같았다.

그렇게 그를 먼저 출발시키고 남은 일을 정리하는데, 이상했다. 굉장한 허탈감이 밀려 왔다. 하루 정도 잘 먹고 잘 쉬려고 호텔에서 1박 2일을 계획했는데 지금 내 행동은 '진짜 쉼'과 거리가 멀다는 걸 알아차린 것이다. 바쁜 일상 가운데 지친 몸과 마음을 쉬는 의미에서 주어지는 '휴가' 동안 진정으로 아무것도 안 하고 보낸 적이 있었나?

휴가가 정해지면 그때부터 거기에 맞춰 쇼핑을 하고 물건을 챙기고 예약하고 일정에 맞춰 움직이느라 정신이 없다. 차 막히기 전 새벽같이 출발하고… 어찌 보면 일을 하는 날보다 '휴가'가 더 피곤한 경우도 적지 않다. 휴가 때 해외여행을 다녀온 사람들이 "구경은 잘 했는데 너무 피곤해~." 하는 배부른 불평도 다 비슷한 경험에서 나온 말일 것이고.

휴식을 위해서 휴가를 갖는 건데 그 휴가에 휴식이 별로 많지 않다는 건 너무 아이러니하잖은가.

생각 끝에 나는 다시 그날의 1박 2일 외출은 휴가인가? 휴식인가? 를 자문해 보았다. 휴가다. 적어도 나에겐. 구경하고 움직이고 바쁠 것이 분명하니까. 하지만 짐작하기로 남편은 '휴식'을 기대했던 듯하고 그렇다면 이 외출의 목적이 서로 다르니 처음부터 다툴 필요도 없었던 것이다. 어쩌면 휴가의 본질에 더 가까이 접근한 사람은 남편이리라. 알면서도 이 사실을 굳이 말로 인정해서 그의 기를 살려주는 일을 하지는 않았지만.

세상에 흔한 아이러니

한참을 생각 끝에 내가 돈을 필요로 하는 이유가,
돈으로부터 자유롭고 싶어서 라는 걸 알았을 때 황당함이란!
돈이 있으면 ~~도 할 수 있고, ~~~ 하지 않아도 되고 등등….
결국 돈에 구애받지 않기 위해 돈이 필요한 거였다.

어디 돈뿐이랴.
시간으로부터 자유롭기 위해서 시간이 필요하고
사랑으로부터 자유롭기 위해서 사랑이 필요하다.
시간이 넉넉하면 더 이상 시간을 쪼개어 쓰지 않아도 되고
진정한 사랑을 찾으면 사랑해줄 사람 찾는 일을 멈춰도 되니까.

명언 하나.
천국으로 가는 문과 천국으로 가는 방법을 알려주는 문,
두 개의 문이 있으면 언제나 사람들이 긴 줄을 늘어서는 것은
천국으로 가는 방법을 알려주는 문이라고.

충분히 가졌다.
충분히 잘 하고 있다.
충분히 괜찮다.

그러니 휴식을 취할 것.

해야 할 일

1. 나무에 매달려 있기.
2. 쉬기.

~~~~~

수영장에서(1)

~~~~~

운동 삼아 수영을 다닌 지 1년이 넘었다. 독학하다시피 한 야매 수영이지만, 서당 개 삼 년에 풍월 읊듯 나름대로 보는 눈이 생겼다(엣헴).

일단 도구(킥판)를 들고 있으면 초보다. 초보는 힘을 잔뜩 줘서 몸이 뻣뻣한 상태에 호흡도 고르질 못하다. 물에 뜨기는 뜨는데, 빠지면 어쩌나 하는 공포심은 여전하다. 힘주어 억지로 몇 미터를 가다가 중간에 호흡이 가빠 멈추고 만다. 발차기도 정석대로 열심히 하는데 그러다 보니 금방 에너지가 소모된다. 고수는? 초보의 모양새와 정반대라고 보면 된다. 힘을 빼고 물에서 즐길 줄 아는 사람, 폼과 상관없이 고수다.

초보의 문제는 몸보다 의욕이 앞선다는 점인데 힘이 바짝 들어가 긴장한 상태에서 의지를 불태우며 ~~해내리라! 하기 때문이다. 그 반작용으로 본의 아니게 락스 냄새 풀풀 풍기는 수영장 물을 마시는 불쾌함에, 배는 금방 고프지, 근육통으로 온몸이 다 쑤시지, 그러면서 며칠 못 가고 그만두는 경우가 많다.

지금 적은 초보의 실수는 다른 누구랄 게 아니고 내가 몸소 체험한 것들인데 이런 과정 중에 느낀 건 수영을 포함해서, 모든 배움에 관한 일은 유사점이 있다는 거였다. 몸에 관한 것도 그렇고 마음을 쓰는 일도 비슷하다. 인간관계도 또 비슷하다(처음부터 너무 불타올라 미친 듯이 들이대는 남자는 오래 못 간다^^).

특히 뭔가를 이루고자 할 때 이 수영장 초보의 원리를 기억하면 좋을 것 같다. 아잔 브라흐마 스님의 책에서도 나온 구절인데 의지는 '감옥의 간수' 같다고 했다. 빠져나와야 하는 곳에서 빠져나오지 못하게 오히려 나를 공격하는 것이 의지라고.

그러고 보면 수영을 잘해서 고수가 되겠다! 돈을 많이 벌어서 더 행복해지겠다! 이 두 가지는 같은 말의 다른 표현이 아닐지.

무엇이든 시작한 지 얼마 되지 않은 시점에서 자신의 허우적거림이 느껴진다면 바짝 들어간 힘을 먼저 빼는 것이 답이다. 그런 후에야 원하는 곳으로 자유롭게 헤엄쳐 갈 수 있을 것이다.

수영장에서(2)

수영장에 1년 넘게 다니면서 느낀 점.

내가 가는 시간에 만나는 사람은 대부분 정해져 있다.

연초 혹은 월초에는 처음 보는 얼굴이 나타나기도 하지만, 시간이 가서 5, 6월, 달의 중순 혹은 월말이 되면 새 얼굴들은 어느새 사라지고 남는 건 또 낯익은 사람들의 얼굴뿐이다.

운동은 그렇게, 늘 하는 사람만 한다(헬스장도 사정은 비슷할 것이다).

가만 보면 운동만 그런 게 아니고, 뭐든 하는 사람만 한다. 연애도 하는 사람은 계속 하고, 돈도 버는 사람은 계속 번다. 건강한 사람은 계속 건강하고, 아픈 사람은 계속 어딘가 아프다. 한 번은 자주 아픈 어떤 사람에게 요즘은 컨디션이 좋아 보인다? 했더니 그런가? 하더니만 수일 내로 다시 아프기 시작했다.

나는 이 모든 일이 관성을 유지하려는 사람의 습성 때문이려니 한다. 사람은 관성의 동물이라서 시작한 것은 계속 유지하려는 심리가 있다. 반대로 뭔가를 새로 시작하거나 중간에 그만두는 것은 힘들어한다. 그래서 늘 하는 사람만 하는 결과가 생긴다.

서울 시내 부동산의 절반 이상을 몇몇 사람들이 가지고 있다는 뉴스가 나왔을 때 성토하는 이들이 많았는데 옳고 그르고를 떠나 집도 사는 사람만 사기 때문에 나타난 현상이다. 같은 돈을 가졌어도 집 대신 다른 데 투자하는 사람도 많다.

돈을 벌어 본 사람들은 망해도 금방 재기한다. 돈 버는 재주가 있고 능력이 있고 운이 좋고 어쩌구를 모두 떠나, 돈을 벌고 윤택한 그 상태가 자신에게 익숙하고 편하기 때문일 것이다. 그렇다면 목표를 달성하는 일이 그리 어렵지만은 않다는 걸 짐작할 수 있다. 일단 그 일을 시작하고 거기에 몸이 적응될 때까지 그 상태를 조금만 유지하는 거다.

뭘 해도 되는 사람의 비결은 그렇게 단순하더라.

본질과 형식

"회원님~! 어깨를 그렇게 하시면 안 되구요. 보세요. 지금 너무 팔이 구부러졌죠?"

건강 챙긴다면서 요가, 헬스, 자전거, 수영, 스키 등 이것저것 조금씩 운동을 배워 왔는데 그때마다 한동안 심란해지는 문제가 있었다. 강사들의 자세 지적에서 벗어날 수 없다는 것.

아이들이야 선생님의 말에 별 거부감이 없을 테지만 나처럼 머리가 다 큰 어른들은 아무래도 사람들 눈이 많은 데서 지적을 받으면 멋쩍고 민망해진다(내가 소심한 탓도 있다). 지적을 받고 창피 당했다 싶으면 괜히 운동이 가기 싫고 뭐 그런 날도 있었다.

있었다, 라고 과거형으로 쓰는 건 현재는 아닐 수도 있음을 내포

함인데, 이제는 주제 파악이 되어 왜 강사들이 그렇게 자세를 강조하는지 조금쯤 이해하고 있다. 전에는 "누구 보여주려고 운동하는 것도 아닌데 폼만 선수면 뭐한담." 하며 어깃장 놓는 심정으로 나만의 자세를 고수한 적도 많다. 운동이 잘 안 되고 늘지도 않아서 어느 날 강사가 알려준 대로 해볼까~? 주의를 기울여 보니 훨씬 잘 되는 것이다! 그때의 경이는 콜럼부스가 신세계를 발견했을 때 심정에 비유할 만했다.

해보면 알지만 바른 자세로 하는 운동과 막무가내식 운동은 효율에서도 차이가 많이 난다. 수영이라면 내 멋대로 개헤엄으로는 50미터가 한계인 것을 호흡과 팔 동작, 발차기가 제대로 된 자유형으로는 150, 200미터도 갈 수 있고 마라톤이라면 기록을 단축할 수도 있다. 웨이트 트레이닝이라면 더 많은 무게를 들 수 있고 근육도 예쁘게 만들어진다. 폼이 뭐가 중요해? 라고 할 게 전혀 아니었다.

그동안 나는 내면, 본질, 보이지 않는 것, 예를 들면 마음 같은 것이 더 가치 있고 중요하며 형식은 나중 문제라는 말을 들어왔다. 그런데 그 말의 진실 여부는 이제는 꽤나 의심스럽다. 일단 연애 하나만 놓고 보자. 상대방에 대한 진심이 우선이겠지만, 그 진심을 어떻게 포장하여 건넬지도 진심 못지않게 중요하다. 귀하고 소중한 선

물을 생선 비린내가 진동하는 신문지에 싸서 건넬 사람은 없지 않은가. 바른 자세, 말하자면 형식이나 외양이 내면과 본질을 가장 합리적이고 효율적으로 반영하는 것일 수 있다.

일본의 납세 1위 부자라는 사이토 히토리의 책에 가난을 쫓아내려면 분홍색 옷을 입으라는 말이 나온다. 분홍색 옷을 입은 사람치고 가난해 보이는 사람 없다는 것인데, 그런 식으로 안 어울리는 상황을 계속 연출하면 자신도 모르게 가난과 멀어진다는 주장이다. 이에서도 본질보다 형식이 우선한다는 의미가 엿보인다.

마음은 눈에 보이지 않는다. 먼저 눈에 보이는 것부터 다루어 나가면 보이지 않는 것을 다룰 여유와 용기가 생긴다. 바른 자세로 운동을 하고 거래처의 VIP를 대하듯 나 자신을 대해 보자. 형식이나 외양을 갖춰 내실도 자연스럽게 따라오도록. 기분이 좋아서 웃는 게 아니라 일부러 웃으면 기분이 따라 좋아지듯 나의 마음도 그 변화를 알아서 따라줄지 모른다.

인생은 2막부터

- 충무공 이순신 장군이 무과에 급제한 나이가 32세였는데 지금으로 치자면 거의 40세가 넘어서 공무원 시험에 붙은 것이라 한다. 무과에 급제하기 전 10년은 문과를 준비했다니 진로도 완전히 바뀐 셈.

- 영화배우 아놀드 슈왈제네거가 〈터미네이터〉를 찍었을 때 나이는 38세. 그전까지는 영화 〈코난〉 한 편을 제외하고는 거의 무명이다시피 했다.

- KFC의 창업자 커넬 샌더스. 1008번이나 거절을 당한 일화로 유명한 그가 KFC를 창업했을 때 나이 65세.

- 미국의 국민화가로 알려진 그랜마 모지스가 그림을 그리기 시작한 것은 76세로 알려져 있다.

- 독일의 문호 괴테, 그가 《파우스트》를 완성했을 때 나이는 83세.

- SBS TV프로 〈세상에 이런 일이〉에 출연한 민덕기 할머니는 92세 나이에도 줄넘기를 100개씩 하신다. 60세가 넘어서 운동을 시작하셨다고.

100세 시대다. 당장 눈에 띄는 결과물이 없다고 조급할 건 아니다. 인생은 2막, 후반전부터가 진짜인지도.^^

"나는 무슨 일을 해도 느리고 머리도 나빠서 보통 사람들이 3일이면 아는 것을 30년 걸려서야 간신히 안 때도 있습니다. 호빵맨도, 그림도, 천천히 조금씩 해왔습니다. 그래도 세월이 지나고 보니 나름의 발자취가 만들어졌더군요. 저보다 빨리 출세한 사람들이 어느덧 은퇴하는 걸 보니 탁월한 재능을 타고나지 않아 오히려 다행이라는 생각이 듭니다."

— 야나세 타카시, 《호빵맨》 작가

* 야나세 타카시가 호빵맨을 그리기 시작한 것은 54세, 호빵맨이 성공을 거둔 것은 60세가 넘어서였다.

~~~

양립할 수 없는 두 가지

~~~

제목대로 온몸의 긴장을 풀고 그 상태에서 나쁜 생각(부정적인 생각)을 해보자. 예를 들면 이렇게.

- 추운 겨울 이불 속에서 전기장판으로 따뜻해진 바닥에 배를 깔고 시원한 귤을 한 개씩 까먹으면서 면접에 탈락한 생각을 한다.
- 재스민 향 입욕제를 푼 욕조에 몸을 담그고 반신욕 중에 내 미래는 불투명해 생각해 본다.
- 40분간 아로마 전신 마사지를 받고 잠에 빠질 것 같은 상태에서 밀린 월급 걱정을 한다.

그게 뭐 어렵겠어? 하겠지만 예시처럼 몸의 긴장이 완전히 풀린

상태에서 나쁜 생각을 한다는 건 절대 쉽지 않다. 이완된 상태에서 부정적인 생각을 하면 몸에 힘이 들어가서 이내 누운 자리에서 일어난다거나, 욕조에서 나와야지 하게 된다. 이처럼 상반되는 두 가지를 동시에 한다는 건 불가능하다. 어느 한쪽만 선택할 수 있다. 이완이냐, 긴장이냐. 스포츠 경기 중계를 보면 해설자들도 이런 멘트를 한다.

"류현진 선수~ 긴장을 풀고 제 실력을 발휘하길 바랍니다~!"

시험을 볼 때도, 면접을 볼 때도, 프레젠테이션, 운전을 할 때도 모두 긴장을 풀라고 조언한다. 그래야 가장 좋은 결과가 나올 수 있기 때문이다. 아기들이 울 때 보면 특징이 있다. 그 작은 몸에 레슬링 선수처럼 바짝 힘이 들어가서는, 두 주먹은 꼭 쥐고 얼굴을 있는 대로 찡그리면서 운다. 반대로 웃을 때는 몸에 전혀 힘을 주지 않고도 아주 자연스럽게 방실방실 웃는다. 스트레스 받으면 어깨가 뭉치는 것, 어려운 자리에서 먹은 밥이 쉽게 체하는 것, 모두 어깨 근육과 위장이 긴장을 하는 이유다.

사람의 감정은 일부러 그러려고 하지 않아도 긍정적인 상태가 훨씬 더 자연스럽고 그 상태는 긴장이 풀리면(이완) 저절로 찾아온다. 부정적인 생각이나 감정이 머리를 떠나지 않는다면 그 상태에서 가만히 욕실로 가서 뜨거운 물을 틀어놓고 샤워를 하거나 따뜻이

데운 핫초코 한 잔을 마시고 음악을 듣는 거다.

　생각과 싸우려 들지 말고 몸부터 말랑말랑 노곤하게 만들자. 어떤 일이든 내가 바라는 결과가 토스터에 빵 굽듯 후딱 나오는 경우는 드물다. 그때까지는 슬렁슬렁~ 몸의 힘을 빼고 즐기며 지내는 것이 스트레스 덜 받는 지름길이다.

나는 별일 없이 산다
뭐 별다른 걱정 없다
나는 별일 없이 산다
이렇다 할 고민 없다

이번 건 니가 절대로
믿고 싶지가 않을 거다
그것만은 사실이 아니길
엄청 바랄 거다
하지만,

나는 사는 게 재밌다
하루하루 즐거웁다
나는 사는 게 재밌다
매일매일 신난다!

— 장기하 1집 앨범 중, 〈별일 없이 산다〉

928동 3201호

복닥복닥 모여 사는 아파트는 그래봐야 공동주택임에도 층, 방향, 편의시설 위치에 따라 가격이 제각각인데 내가 사는 아파트 단지에서는 928동 방향이 좋고 마트, 버스정류장 등의 편의시설이 가까워 제일 선호도가 높다. 나도 2년 전 이곳에 집을 구할 때 우선순위로 928동에 집을 얻고 싶었지만 세가 거의 없고 간혹 있어도 너무 비싸서 다른 곳으로 알아봐야 했다. 대안으로 택한 것은 923동.

923동은 동향이어서 아침 일찍 해가 있고 정오부터는 해 구경을 하기 힘들었는데, 928동은 정남향이라 대부분의 세대가 항상 따사로운 해를 받는다. 난 최선이 아닌 차선으로 선택한 집이 후회스러워(특히 겨울로 갈수록 추워서), 928동에 집을 못 얻은 게 내내 아쉬웠다. 아파트 정문을 드나들 때마다 해 잘 드는 928동을 보며 이

사 가고 싶다고 중얼거렸다. 부동산에 928동에 싸고 좋은 집이 나오면 꼭 연락 달라 부탁도 해놓고 수시로 확인했다. 그러나 물어볼 때마다 세가 점점 오르는 추세라서 무리해서 이사를 할까 싶다가 결국 '아, 나는 절대로 928동에 집을 얻을 수 없겠구나.' 절망(?)하며 단념하기에 이르렀다.

그렇게 1년 정도가 지났고, 923동의 계약기간을 조금 남겨놓고 다시 집을 알아봤을 때 한 부동산에서 연락이 왔다. 928동에 싼 집이 나왔다고(우여곡절이 있는데 여기에 쓰기엔 너무 장황하여 생략한다). 928동의 구조와 방향은 빠삭한 터라 나는 집을 보지도 않고 계약했다. 계약서를 쓰고 나중에 가서 확인했지만 역시나 조망도 좋고, 향도 좋고, 기대대로 흡족한 집이었다. 더 없이 적절한 타이밍이었다. 그리하여 지금 나는 928동 3201호에서 이 글을 쓴다.

전에도 나는 이 비슷한 일을 여러 번 경험했다. 출판사 직원일 때 "나는 절대로 작가가 될 수 없을 거야." 한탄했지만 작가가 되었다. 남자한테 거절당하고 울면서 "나는 절대로 나만 바라봐주는 남자를 만날 수 없을 거야." 했지만 그런 남자를 만나 결혼을 했다. "내 월급으로는 도저히 내 집 마련은 할 수 없을 거야." 했지만 쥐꼬리 월급으로도 내 집을 마련할 방법은 다 있었다. 결과만 보면 운이

억세게 좋은 특이한 사람의 이야기 같지만 단언컨대, 아니다. 이런 일은 살면서 누구나 경험한다. 다만 기억을 잘 못할 뿐이다.

로버트 블라이의 《남자만의 고독》이라는 책에 이런 이야기가 나온다. 한 남자가 바다를 건너겠다고 마음먹는다. 방법을 모색한 끝에 그는 고생스럽게 나무를 자르고, 배를 만들기 위해 배 만드는 법을 배우고, 오랜 세월이 걸려 겨우 배를 만들어서 바닷가로 끌고 오다가 지쳐서 포기해 버린다. 원하는 것을 가지려고 할 때 우리는 대부분 이 남자처럼 행동한다. 그러면 어떡해야 할까?

답은 무의식에 있다. 그리하여 내가 바다를 건너겠다고 굳게 마음을 먹고 기다리면 내 무의식은 바다를 건널 배와 선원과 출항에 맞는 바람까지 모든 것을 가장 적절하게 맞춰준다. 하지만 우리는 이런 가능성에 무지하기 때문에 눈에 보이는 알량한 자기 스스로의 힘으로 어떻게든 해보려다 포기하는 경우가 많다. 보이지 않지만 나를 돕는 삶의 손길을 나는 무의식의 힘이라 하고, 어떤 이는 기도의 힘, 어떤 이는 마인드 컨트롤, 어떤 이는 시크릿, 어떤 이는 최면이라고 한다. 하나의 신비로운 힘을 각자의 관점에서 표현한 것이리라.

간절한 바람을 잊어버리지 않고 기다리고 있으면 언젠가 우주에서 보내준 '택배' 같은 것이 온다. 그래서 나는 또 기대하는 마음으로 기다리고 있다. 제주도의 푸른 바다가 훤히 보이는 곳에 나만의 별장을 가지고 싶어서. 지금 형편으로는 비싼 제주도 땅값을 감당한다는 일이 도저히 불가능해 보이지만 어찌 알겠는가. 또 몇 년 후에는 제주도의 별장에서 새로운 우주 택배 간증 글을 쓰고 있을지.

＊ 신기하게도 이 글을 쓰고 1년 뒤 정말로 제주도에 집을 구하게 되었다.

누군가를 진심으로 위로하려면

힘내! 잘 될 거야!
고마운 말인 줄 알면서도,
가끔 저 힘내라는 말이 되게 부담스러울 때가 있었다.

왜 내가 꼭 힘을 내야 되지?
나 힘든데, 슬픈데, 그냥 이렇게 조금만 쉬면 안 되나…?

시간이 지나면서 점점 더 확실히
힘내라는 말보다 옆에 있어줄게. 내가 응원할게.
하는 말이 더 좋다.

인생의 문제는 어차피 스스로 해결하지 않으면
답이 없는 것들이 너무나 많아서,
자신이 힘을 내야 되는 건 맞는 말.
자신만이 해결할 수 있는 건 정말 맞다.
하지만 좌절도 노력해본 자의 몫이므로
힘들다. 지쳤다는 말도 시도해본 사람만이 할 수 있는 것.
열심히 달려본 날들도 있기에
슬렁슬렁 하라는 말을 할 수 있는 지금의 나처럼.

그러니 누군가에게 힘을 주고 싶다면 힘내라! 는 말 대신,
그래. 힘든 거 알아. 함께해. 곁에 있어줄게.
내가 들어줄게. 그 말을 해주자.
아니, 힘내지 않아도 괜찮다고, 그렇게 말해주면 어떨까.

힘내지 않아도 괜찮아.

Everyone deserves the chance to fly.

— 뮤지컬 〈위키드〉 삽입곡 "Defying Gravity" 중에서

난 한 놈만 패!

다른 사람들에게 조언을 해주면서부터 고민하는 사람들에겐 공통적인 레퍼토리가 있다는 것을 알았다.

"저는 ~~한 상황인데 ~~도 안 되고, ~~도 없고, ~~가 걱정되고, ~~는 하기 싫은데요. 전부 다 잘못된 거 같고 문제인 거 같아요. 어디서부터 어떻게 해야 할지를 모르겠어요."

와~ 신기하다. 내가 했던 고민과 싱크로율 100%라니!

스물아홉에서 서른으로 넘어갈 무렵의 나는 맘에 드는 구석이 하나도 없었다. 글자 그대로 총체적 난국이었다. 솔로에 모아놓은 돈도 없고 직장 전망도 불투명하고 삶의 목적이 뭔지, 난 도대체 뭘 잘하고 뭘 좋아하는지, 어떻게 인생을 살아야 하는지 도통 알 수 없는 아노미 상태이자 카오스 상태에 있었다.

그렇다면 이럴 땐 어떻게 해야 할까? 나중에 책을 통해 배웠는데 "큰 덩어리로 보이는 것은 작은 덩어리로 잘게 나누어 본다." 이는 독일의 심리학자 프리츠 펄스의 게슈탈트 심리치료의 가장 기초적이며 핵심적인 부분이다. '게슈탈트'라는 말 자체가 독일어라서 어감부터 딱딱하고 어려운데 이 이론의 핵심은 딱 한 문장이다.

"부분의 합은 전체, 그 이상이다."

외모가 근사한 남자가 있다. 그런데 그의 눈, 코, 입, 귀 하나하나를 떼어놓고 보면 대부분 평균 이하다. 신기하게도 조합을 해놓으면 거기서 '+@'가 발생되어 매력적이고 근사한 인상이 만들어진다. 당연히 정반대의 경우도 가능하다. 이목구비 하나씩은 미남인데 합체되었을 때 얼굴은 살짝 난감한 경우, 있잖은가? 걸그룹 소녀시대 멤버 각자의 느낌과 아홉 명 전체가 모여 뿜어내는 아우라는 전혀 다르다. 산술적으로 따지면 1+1+1+1+1+1+1+1(부분의 합) = 9(전체)가 되어야 맞다 싶은데 실제로는 9+@~(전체 그 이상)의 에너지를 낸다.

뇌과학에서 말하기를, 사람의 뇌(잠재의식)는 덩어리로 생각하는 것을 편하게 여긴다고 한다. 나도 공감하는데 구체적으로 자잘하게 분류하고 계획하는 일, 상당히 번거롭고 귀찮다. 그만큼 신경을 써야 하고 에너지가 소비되기 때문이다(생각을 한참 하면 배도 빨리 고프다). 그래서 우리는 좋은 일도 나쁜 일도 커다랗게 뭉뚱그려 생각하는 습성이 있다. 사람을 판단할 때를 보자. 좋은 기억이 많으면 단점이 보여도 '좋은 사람'으로 분류하고 마음에 안 드는 사람은 정반대로 한다. 아무리 그 사람에게 장점이 있어도 그런 건 외면하고 나쁜 사람으로 분류한다. 덩어리로 생각하는 게 편하기 때문이다.

그러므로 아무리 벅차게 느껴지는 문제라도 실제로는 느낌만큼 벅차지 않다. 큰 덩어리라도 잘게 부수어서 조각조각 내면, 부분의 합을 넘어서 전체 이상의 에너지를 발생하고 있던 구조물이 쉽게 무너진다. 잘게 나눈 다음에는 시간상 가장 급하고 중요한 일부터 순서를 정해 실행 계획을 세운다. 한꺼번에 해결하려고 하면 정말 답 없다. 저 유명한 영화 대사도 있듯이 "난 한 놈만 패!"라는 생각으로 하나씩, 하나씩… 그렇게 해결해 보자.

젠장, 그놈의 빨리빨리!
네가 25년 동안 찌운 살이 그렇게 빨리 빠질 거라 생각했어?!
빨리 얻는 건 빨리 사라져 버려!!
돈도, 인기도, 살도 마찬가지야!

— 웹툰 《다이어터》, 서찬휘의 대사 중에서

삶의 매 순간을 가치 있게 만드는 법

'일'은 사람에게 어떤 의미일까? 돈벌이 수단? 자존감?

모두 중요하지만 그에 못지않게 중요한 것이 있다. 일에 대한 '의미와 가치'라는 부분이다. 심리학자이자 경제학자인 댄 애리얼리는 테드 강연에서 일에서 의미와 가치를 추구하는 사람의 심리를 실험한 결과에 대해 소개했다.

내용을 요약하면 이렇다. 두 실험 그룹에게 레고 부품을 만들라고 한다. 시간이 지나서 첫 번째 그룹이 만든 레고 부품은 다른 상품 제작에 필요하다며 곧장 해체해 버린다. 두 번째 그룹에게는 나중에 해체될 거라고 사전에 알려는 주되, 테이블 아래에 만든 제품을 보관하는 모습을 보여준다. 그리고 다시 이 둘 그룹에게 원한다면 얼마든지 더 레고 부품을 만들어도 좋다고 한다. 그렇다면 첫 번째 그룹과 두 번째 그룹, 어느 쪽이 더 많은 장난감을 만들었을까?

짐작할 수 있겠지만 두 번째 그룹이 평균 10개 정도의 장난감을 만들었고 첫 번째 그룹은 평균 6개를 만들었다.

이런 차이에 대해 댄 애리얼리는 '시지프스 효과'라고 주장한다. 이는 변화 없는 단순한 일, 그것도 무의미한 일을 반복함의 비유다. 즉 이 실험의 핵심은 사람들이 일을 하게 만드는 동기에는 돈, 쾌락, 의지력 등 많은 요소가 있지만 '가치 있는 일을 추구하려는 욕구'도 상당하다는 내용이다.

설정 하나. 연인이 하루아침에 돌아서 이제 더는 사랑하지 않는다고 한다. 그전까지 나눴던 사랑의 속삭임과 추억의 시간들, 그 모든 것이 무의미해지기에 남겨진 사람은 견딜 수 없이 힘들다. 그래서 떠나려는 상대방에게 이렇게 따져 묻는다.

"도대체 너한테 난 어떤 의미였니?!!!!!???"

설정 둘. 무협영화에 흔히 나오는 복수극. 억울하게 돌아가신 아버지의 복수를 한다며 강호의 고수에게 무술을 배우러 간다. 근데 선생이라는 작자가 무술은 안 가르쳐주고 밥 짓기, 물 길러오기, 빨래 같은 허드렛일만 주구장창 시킨다. 그러면 내가 무술 배우러 왔지, 이런 잡일이나 하러 왔소? 하며 하산하는 제자.

대기업에 어렵사리 취업을 했는데 복사 심부름만 하게 되면 내가 고작 이런 일이나 하려고 그 경쟁률을 뚫고 이 회사에 왔나? 하는 회의감에 빠진다. 연인이 떠날 때 고통스러운 것도 무술과는 상관없는 가사도우미 일에 화가 나는 것 모두 그 일이 무의미하며 무가치해 보이기 때문이다.

그런데 익숙하겠지만 앞서 말한 설정과 반대로 "선생이 나의 인내심을 시험하는구나. 이걸 통과하면 무술을 전수받을 수 있겠지!" 하는 제자는 끝까지 남아 무술을 전수받아 강호의 고수가 된다는 스토리도 종종 있다. 우리 민족 신화의 하나인 곰과 호랑이도 같은 내용이다. 쑥과 마늘을 먹는 게 인간이 되는 거랑 무슨 상관이 있는지? 그 단순해 보이는 인내의 시간에 의미를 부여하지 못한 호랑이는 중도 탈락했고, 의미를 부여해서 100일을 참고 기다린 곰은 훈녀가 되었다.

먼저 결론을 적고 이 글을 시작했지만 사람은 언제나 가치를 추구하는 삶을 원하고 자기가 판단하기에 무의미한 걸 참기 힘들어한다. 그런데 살다 보면 하얗게 불태우듯 공부했는데 원하는 대학에 떨어지거나 몸과 마음을 다 바친 연애였는데 어이없게 헤어지는 경우가 생긴다. 이럴 때 그동안 자신이 쏟아 부은 노력과 시간을 무의미하게 여기는 순간 나락으로 떨어진다. 나도 경험했지만 그러면 정말 오랫동안 방황하게 된다.

'리프레이밍'이라는 용어로도 표현할 수 있는데 어떤 일이든 의미부여는 하기 나름이다. 아무리 거지발싸개 같은 경우라도 좋게 생각하기로 마음먹으면 그 또한 가능하다. 인간의 뇌에 기본적으로 장착된 옵션이니까. "똥차 가고 벤츠 온다"는 연애명언이 있는데 솔직히 사실인지 여부는 누구도 모른다. 다만 그렇게 의미부여를 해야 고통을 견디는 시간이 훨씬 쉬워지는 건 확실하다. 연인 문제뿐만이 아니라 시험을 준비하거나, 유학을 준비하거나, 종자돈을 모으거나 하는 과정에서 누구나 이 일이 과연 어떤 의미가 있을까? 회의감에 빠지는 순간이 온다. 나도 하루에도 몇 번씩 생각한다. 돈도 안 벌리는 출판일 그만둘까… 이렇게 시험은 도처에 널려 있다.

자신이 온 마음으로 바란 그것을 갖기 전까지 삶은 반드시 이 무의미한 시간을 극복하라며 시험해온다. 삶의 매 순간을 가치 있게 만드는 일은 오직 자신의 손에 달려 있다. 가슴을 활짝 펴고 이렇게 말해 보자.

"그때 그 일은 내가 ~~를 이루는 데 꼭 필요한 과정이었어!"

포기는 배추를 셀 때나

얼마 전 모처럼 나도 이제 모바일 트렌드에 맞춰 SNS 활동을 좀 해볼까? 싶어 내친 김에 계정을 만들었다. 잘은 모르지만 블로그는 꾸준히 해왔으니까 블로그처럼 하면 되겠지~ 하며 한동안 공을 들여 사진과 글을 올려 봤다. 처음에는 구독자 두 명이 다섯 명 되고, 다섯 명이 일곱 명이 되는 깨알 재미도 있었는데 알던 사람들이 팔로어 품앗이를 해주는 시기를 지나자 그때부터는 구독자 수가 제자리걸음이었다.

내용이 시시한가? 싶어 높은 조회 수와 공유를 기록하는 채널들도 유심히 살펴봤는데 내용 문제는 아닌 듯 했다. 그래서 조금 더 부산을 떨어보자며 하던 일도 미루고 집중했는데(알고 보니 SNS는 건 엄청난 부지런함과 성실성을 요구하는 중노동이더라) 역시나 실망스러웠다.

구독자 수의 변화는 극히 미미했던 거다. 사람은 변화를 시도해 보다가 자기가 의도한 결과가 얼른 나오지 않으면 예전으로 회귀하는 성향이 강하다. 그 회귀 심리의 범주 속에서 나는 평균인답게 "에잇, 이깟 SNS가 무어라고. 그냥 살던 대로 살자!" 자포자기해 버렸고 마침 제주도에 꽂혀 왔다 갔다 바쁜 통에 SNS 계정은 자연스럽게 잊혀졌다.

그러고 나서 재밌는 일. 집에 돌아와 SNS 계정에 무심코 로그인을 했더니 구독자 수가 꽤 많이 늘어 있었다. 업데이트도 없고 댓글도 없는데 왜지? 하는 어리둥절한 심정이었다. 얻어 걸린 것 같아 기분은 좋았지만 정확한 이유는 알 방법이 없다. 아무려나, 내가 더 이상 구독자 수가 느는 데 집착하지 않기 때문이라고 결론을 내리고 있다.

기다림이 고역스러울 때면 '상대성 이론'이 떠오르곤 한다.

시간의 흐름이 느려짐과 동시에 변화가 생겨야 할 대상에 아무 달라짐이 없는 듯하기 때문이다. 상식적으로는 그날 아침에 잰 몸무게와 저녁에 잰 몸무게가 별 차이 없음이 당연할 텐데 다이어트 중인 사람 입장에서는 당연하지 않다는 게 문제다. 그런데 삶에는 황색 신호 앞에 멈춰 선 것처럼 대기하며 보내는 시간이 꽤 많다.

취업, 결혼, 여름휴가, 학위 취득, 내 집 마련 등 말하자면 소망이나 목적이 이뤄지는 시간은 극히 찰나이고 거기까지 도달하는 과정에 소요되는 시간이 훨씬 길더란 것이다. 비율로 따지자면 9 대 1 정도?

기다림이 목적을 이루는 데 희생하는 시간이 되면 인생의 대부분을 희생하며 보내는 셈이 된다. 꿈을 이뤄야만, 목적을 이뤄야만 행복하다면 꿈이 이뤄지기 전까지 삶의 90%를 차지하는 보통의 시간들은 불행해지고 말겠지.

기다리면 지루해지고 지루함은 곧 포기를 낳는다. 포기는 배추를 셀 때나 쓰는 말이다. 슬렁슬렁, 즐기면서 계속해 보자. SNS건, 다이어트건, 재테크건 간에.

어린 시절, 겨울 동안 먹을 감자를 상자에 넣어 지하실의 작은 창문에서 멀리 떨어진 바닥에 놓아두었던 기억이 난다. 환경이 열악했지만 이 슬프고 허약한 싹들도 멀리 창문을 통해 들어오는 빛을 향하여 키가 2피트, 3피트씩 자라곤 했다. 헛된 수고를 하며 기형적으로 자라던 이 싹들은 필사적인 성장 지향성을 보여준다.

그 싹들은 결코 나무가 되지 못했고, 결코 성숙하지 못했으며, 본래 가지고 있는 잠재력을 완전히 실현할 수 없었다. 그러나 최악의 상황에서도 그들은 분투했다. 생명이란 번성하지 못한다고 하더라도 포기하려 하지는 않는다.

— 칼 로저스, 심리상담가

나비의 꿈

상상하라는 말을 들으면 나는 이런 모습을 그려 본다.

지금 작가이고 출판사를 운영하니까 1년 뒤에는 새 책을 몇 권 더 내고, 그 책이 더 많이 팔리고, 돈도 더 많이 벌고….
지금 경차 타니까 내년에는 큰 차로 바꾸고 돈 되면 근사한 수입 차로….
내년에 유럽여행 가고, 그 후년에 엄마 되고….

적어놓고 보니 상상이라는 표현이 멋쩍을 정도로 단순해 보인다. 위의 문장은 자기의 현실에서 연장선상에 있는 미래를 그린 정도다. 더 정확하게는 예상, 기대라고 표현해야 맞겠지. 이런 미래를 그리는 데 쓰기에는 '상상'이라는 단어는 너무 아깝다.

화려한 날개를 가진 나비와 꾸물꾸물 기어 다니는 보잘것없는 애벌레를 연관짓는 건 부자연스럽기까지 하다. 하지만 진짜 상상력이란 애벌레가 나비가 되듯 한 존재가 이전까지와는 전혀 다른 차원의 모습으로 새롭게 태어나는 것을 꿈꾸는 힘일 것이다.

미래는 우리 생각처럼 정해진 대로 선형적으로 가지 않으며 그럴 필요도 없다. 황당하면 어떤가. 애벌레에서 나비가 되듯 꿈에서조차 생각지 못할 근사한 일들을 상상해 보자. 그것이야말로 나에게 주어진 창조의 힘을 제대로 발휘하는 한 방법이리니.

인생에서 쓸모없는 것은 없다

내 글이나 책을 읽은 분들에게 가장 많이 들은 평은 "이해하기 쉬워서 좋다."였다. 표현력이 좋다, 문장이 멋지다 이런 말은 별로 듣지 못했는데 잘 와 닿는다는 말은 제법 많이 들었다(자화자찬^^;).

그래서 나는 막연히 '아, 나는 글을 쉽게 풀어쓰는 능력이 있구나.' 자각하게 되었는데 딱히 그런 글을 쓰는 방법을 배운 적도 없고 노력한 적도 없어서 타고난 능력? 이라고 생각했다. 최근에 와서야 어떻게 쉬운 글을 잘 쓰게 됐는지가 떠올랐다.

거의 6-7년 정도 지난 일이라 완전히 잊고 있었는데 나는 출판사라는 직장에서 편집자로 꽤 오래 일을 했고, 그 가운데 가장 긴 기간을 몸담았던 회사는 바로 중고등학생들의 교과서를 만드는 곳이었다. 그 회사에서 5년이 넘게 같은 업무를 맡았다. 교과서의 독자는 학생이니까 학생의 눈높이에 맞춰 이해가 잘 될 수 있게 책을 만드는 건 기본 중 기본일 것이다. 그곳에서 매일 교과서 문구를 다듬다 보니 나도 모르게 쉽게 풀어 쓰는 훈련이 되었던 것 같다.

이상했다. 그리 오랜 시간이 지난 것도 아닌데 교과서 만드는 회사에서 5년이나 일했던 사실을 왜 까맣게 잊어버렸을까? 답은 간단했다. 잊고 싶은 기억이었으니까. 그때 나는 첫 책의 주인공 '진선이'와 같은 처지였는데, 하루하루 '오대수'처럼 살고 있었다(영화 〈올드보이〉의 주인공 이름이 오대수인데, 의미가 '오늘 하루만 대충 수습하자'라는 의미다). 게다가 나는 멋진 문학작품을 쓰는 작가가 되고 싶은데 매일 하는 일은 중딩, 고딩 가르치는 글이라니. 어떻게 하면 빨리 회사를 그만두나 하면서도 무기력하게 돈 나올 곳은 직장뿐이라며 5년 넘게 다녔다.

그때 기억은 별로 떠올리고 싶지도 않고 또 나한테 그 시기는 별 의미가 없다 여기고 완전히 잊어버리다시피 했는데, 5년 동안 교과서 만드는 회사에 다녔던 일이 내가 작가가 되고 독자들이 읽기 쉽고 편한 책을 만드는 데 무엇보다 큰 힘이 되어준 거였다. 이런 ㅜㅜㅜ

이 일들이 한꺼번에 생각나고서 내가 처음부터 뭔가를 잘하는 사람인 척- 했던 게 얼마나 부끄러웠는지 모른다. 그리고 가장 큰 도움을 받았으면서도 그 5년간의 직장생활을 무의미하다고, 인생을 낭비한 시간이라고 폄하한 것을 반성하게 되었다.

우리가 무의미해! 이건 내가 원하는 게 아니야! 하면서 기억 저 편으로 밀어버려서 그렇지, 살면서 경험한 것들 중에 쓸모없고 무의 미한 것은 없다. 다 자신에게 어떤 식으로든 도움이 되더라. 길게 보 면… 그리고 정말로 그 일이 나에게 무슨 도움이 되는지를 모르겠 거든 일부러라도 의미를 부여해 보는 작업이 필요하다. 당장은 몰라 도 앞으로의 어떤 일에 써먹을 수 있을지도 몰라! 하면 너무너무 하 기 싫은 일이라도 그 일을 좀 다른 마음으로 대할 수 있어진다.

삶에는 옥석혼효(玉石混淆), 좋은 것과 나쁜 것이 적당히 섞여 있다. 좋은 것만 남기고 싶지만 그건 불가능하다. 그보다는 좋은 것이든 나쁜 것이든 버릴 건 없다는 태도로 지내면 더 많이 행복 해질 기회를 가질 수 있을 거다. 그러니 지금 삽질만 하고 있다고 너무 좌절하지 말기를. 그 삽질도 언젠가 요긴하게 쓰일 날이 올지 모르니까. ^^

"내 나이 스무 살 때 처음 파리에 왔어요.
그런데 처음 본 파리가 너무나 멋지더라고.
당시 난 철학도였는데 파리에서 살 수 있다면
은행원이라도 하겠다고 생각할 정도였어요.
내 기질상 가장 안 맞는다고 생각한 직업이었거든.
결국 40년 만에 소원을 이뤘어요. 다행인 것은
은행원을 하지 않고도 꿈을 이뤘다는 거지.
소원을 이루려면 40년은 한결같이 원해야 하는가 보오."

— 움베르토 에코, 《소설가의 길(김연수)》에서 재인용

인생에서 누구에게나 기회가 있다. 그런데 대게 사람들은 그 기회가 긍정적인 사건의 형태로 오기를 생각하고 기대한다.

반드시 그런 것은 아니다. 오히려 무시나 모욕감 등과 같은 고통이 오히려 그 자신의 본질을 찾고 알게 하는 계기를 마련해주는 경우가 많다. 중요한 것은 어떤 형태의 사건이든 그때 경험하는 자신의 마음을 솔직히 인정하고 수용하는 것이다.

— 프리츠 펄스, 심리학자

길 위의 풍경

삶이라는 건 하나의 여정이고,
그래서 계속 나아가다 보면 좋은 일을 경험할 때도 있고,
싫은 일을 경험할 때도 있기 마련이다.
중요한 건 계속 나아가지 않으면 아무것도 바뀌지 않는다는 점.

그러니 지금 고단해도 그 걸음을 멈추지 말 것.
저 앞의 모퉁이를 돌아서면
이전까지와는 전혀 다른 풍경이 펼쳐질지도 모르니까.

평행우주

이 책에 실으려고 블로그에 써놓은 글을 뒤적거리다 발견한 글이 있다.

뭘 해도 잘 안 풀리던 시기에 적은 글인데 구구절절 힘들다는 말들로 가득해서 눈물 없이는 못 볼 수준이었다. 지금 보면 참 별것 아닌 일로 고민하고 걱정했구나 싶은데 한동안 비슷한 글이 계속 이어졌다. 힘들다, 난 왜 이럴까, 뭐가 문제일까, 원망스럽다, 되는 게 없다 등등….

그 글에 표현된 나는 현재의 나와 너무도 거리가 멀어서 어떤 비슷한 점이나 연관성도 찾을 수가 없었다. 내 글인데 남의 글처럼 낯설게 느껴지기까지 했다.

어떻게 극복한 거야? 이어지는 내용이 있나 찾아봤지만 이러쿵

저러쿵한 변화가 생겨서 요로코롬 행복해졌다. 이런 내용의 글은 없었다. 아마 다른 사람이 우연히 그 글을 본다면 내가 어떻게 변했는지 모르니까 '아, 이 사람은 (여전히)힘들게 살고 있겠구나…' 추측할 것 같다. 불평과 불만, 징징거림으로 가득한 모습의 나는 그 글을 적은 시간 속에 영원히 멈춰 있었다. 과거의 힘들고 딱한 나의 세계도 어딘가에 펼쳐지고 있고 지금 이만큼이나마 살 만한 나는 나대로 세상을 살아가고 있다니, 오호라… 이거야말로 평행우주?

영화 《인터스텔라》가 개봉하면서 대중의 관심을 끈 단어가 있으니 바로 '양자물리학'이라는 분야다. 양자물리학을 조금만 들여다보면 곧 '평행우주'라는 개념과 마주친다. 평행우주는 굉장히 매력적인 개념이지만 나를 포함한 보통 사람들의 상식으로는 직관적 이해가 힘든 부분이라 조금 설명을 보태면 이렇다.

이 세상을 구성하는 물질은 입자인 동시에 파동의 성질을 갖고, 비국소적인 성질에 따라서 입자는 동시에 다른 장소에도 존재할 수 있다. 극단적으로 확장하면 이 우주에 내가 여러 명 존재할 수 있다는 것. 굳이 풀어 쓴 글에 더 혼돈을 느끼는 분들이 있을 것 같아 위키백과의 설명을 인용해 본다.

> 우주가 여러 가지 일어나는 일들과 조건에 의해 통상적으로 갈래가 나뉘어, 서로 다른 일이 일어나는 우주가 사람들이 알지 못하는 곳에서 동시에 진행되고 있다.
>
> — 위키백과

이 정의에 따르면 "그래 결심했어!"라고 외친 뒤 각각의 선택에 따라 전혀 다른 삶이 펼쳐진다는 예전 TV프로그램《인생극장》의 설정이 과학으로 실제라는 것이다. 예를 들면 이 우주에는 수없이 다양한 모습의 내가 존재할 가능성이 있다. 꿈을 이룬 내가 속한 우주도 있고 꿈을 못 이룬 내가 속한 우주도 끝없이 진행 중일 것이다. 첫사랑과 결혼한 나의 우주, 첫사랑과 결혼하지 않은 나의 우주…. 다만 그 수많은 나들이 모두 평행하게 펼쳐지는 각자의 세계 속에 살고 있어서 마주칠 일이 없을 뿐.

더 적으려다 보면 얄팍한 밑천이 드러날 수 있으니 여기까지 적지만 이 점 하나는 기억해 볼 수 있을 것 같다. 우리는 과거, 현재, 미래로 시간을 연속적으로 이해하고 있는데 어제 실패하고 불행하고 분노했던 나와, 오늘의 행복하고 기분 좋은 나는 어쩌면 전혀 다른 우주의 개별적 사건인지도 모른다. 그렇다면 어제의 안 좋은 일에 너무 연연하지 않아도 된다. 마음에 드는 새 우주의 삶을 살겠다고 생각하면 되는 것이다. 삶에는 매 순간 선택의 가능성이 있고 그 선택에 따라 다른 모습의 내가 속한 우주가 창조되니까.

이런 생각들이 황당무계한 공상이 아니라 과학에 기반을 둔 실제 가능성이라는 건 참 근사하고 또 희망적인 요소이기도 하다. 게다가 이런 나의 믿음에 확신을 더하는 증거가 있으니 어떤 섹시한 외모의 탤런트 졸업 앨범 사진을 보면 현재 얼굴과는 도저히 매치가 안 된다는 점인데, 그러고 보면 평행우주는 진짜이지 않을까? ^^

행복은 인증할 수 없는 것

기분 좋을 때 남편한테 가끔 물어본다.
"자기는 나한테 왜 이렇게 잘해줘요?"
그러면 남편은 머리를 긁적거리며,
"이게 잘해주는 거예요? 잘 모르겠는데…." 한다.

《마음의 녹슨 갑옷》이라는 어른을 위한 스토리텔링 북이 있는데,
거기에 나오는 현자의 질문과 남편의 대답이 겹친다.

"자네가 정말 그렇게 훌륭한 기사라면 왜 그걸 증명해 보이려고 애썼나?"

부자는 자신이 부자임을 증명할 필요가 없고,
행복한 사람은 자신의 행복을 굳이 인증하지 않아도 된다.
특정한 상태가 되려고 하면 할수록
역설적으로 자신이 전혀 그런 상태에 있지 못함을 입증하는 셈.
그러니 애쓰지 말 것.
그냥… 존재할 것.

나는 어쩌면 괜찮은 사람

나는 학창시절부터 공부를 싫어하진 않았다(그렇다고 공부가 제일 쉬웠어요~ 이런 소리를 하려는 건 아님). 아마 운동이나 그림이나 특별히 잘하는 게 없어서 그랬을 수 있다.

하지만 시험은… 싫다. 대부분 시험에 관해서라면 이심전심 아닐까 하는데 시험과 상관없이 재미로 하는 공부라면 부담이 없지만 공부한 내용으로 시험을 본다면 부담이 콱- 생기기 마련이다. 즉 '평가'라는 건 누구에게나 굉장히 두렵고 피하고 싶은 대상이다. 그래서 우리는 의식적, 무의식적으로 평가를 회피하려고 한다.

게다가 평가의 결과는 실망스런 경우가 90% 이상이다. 돈 받고 등록해주는 상품평이 아닌 한 현실의 평가는 별 다섯 중에서 한두 개 받을까 말까 정도로 짜고, 냉정한 경우가 많다. 10킬로그램 다이어트를 시도했는데 0.5킬로그램 빠졌다. 그것도 가슴만… 컥! 하는 경우처럼 말이다. 그러나 평가 없이는 성취도에 대한 검증이나 점검이 어렵기 때문에 평가를 완전히 배제한다는 것도 힘들다.

글 쓰는 일을 하면서 꿈을 이루고자 하는 사람들을 많이 보아왔고, 그러면서 목표를 세웠다가 좌절하고 또 그런 좌절을 반복하면서 나중엔 아예 새로운 시도 자체를 심하게 두려워하는 분들도 종종 보았다. 이 글은 그분들에게 드리는 이야기인 동시에 나 자신에게 해주는 말일 것이다. 그러면 90%가 실망하는 피드백(평가)을 굳이 해야 하나? 싶을 텐데 나는 평가를 두 가지 면에서 본다.

하나는 객관적인 수치(흔히 말하는 의미의 평가), 다른 하나는 내가 목표에 얼마나 근접했는지를 보는 주관적 평가다. 예를 들어 월 1,000만 원 수입을 목표로 하는 자영업자라면 어쩌다 한 달만 1,000만 원을 벌고 나머지 달은 원래대로 100만 원만 벌기를 바라지 않을 것이다. 즉 그 사람의 진짜 기대는 매달 1,000만 원의 수입을 올리는 사람이 되는 거지, 단 한 번의 1,000만 원! 하는 이벤트가 아니라는 거다. 10킬로그램 빠졌다가 다시 요요 후폭풍 맞고 싶은 사람이 있을까?

월 1,000만 원의 목표를 가지고 사업을 시작했지만 고작 100만

원 매출을 올렸다… 수치만 놓고 보면 실망할 수 있다. 하지만 그 목표를 이루려는 동안 자신의 능력이 얼마나 향상되었나? 도 평가의 대상이 되어야 한다. 수입은 100만 원이라도 페이스북 좋아요의 숫자는 전달보다 200건 이상 늘었다던가, 다이어트를 하는 동안 몸무게는 0.5킬로그램 줄었지만 근육양은 늘었거나, 시험에 낙방했을 수 있지만 그 전달보다 영어 단어 50개 이상은 더 외웠다면 어떨까?(시험에 안 나왔을 뿐) 이런 것들은 한 번 쌓으면 쉽게 무너지지 않으며 '나'라는 사람을 평가할 때 더 큰 의미를 차지하는 부분이다.

객관적 수치만을 기준으로 평가하면 좌절하기 쉽다. 그러나 진정한 의미의 평가는 지금 말한 부분을 포함해야 하고, 이 부분에 주목하면 결과에 대한 실망으로부터 조금 자유로워질 수 있다. 평가에 대한 부담이 덜해지면 한결 편하게 시도해 볼 마음도 생기리라.

나 역시 지금 쓰고 있는 이 글들이 내가 펴내 온 책과 많이 달라 걱정스런 부분이 많다. 하지만 그동안 꼭 하고 싶었던 이야기들이 너무 많아서 아무도 읽어주지 않아도 상관없다는 용기를 가지고 계속 글을 쓴다. 세상의 평가도 중요하지만 그보다는 내가 나를 어떻게 평가하는가가 더 중요하니까.

대단하진 않아도 나는 썩 괜찮은 사람이다. 그렇게 믿는다. 조금쯤 물렁하고 서툴러 보여도, 나는 조금씩 더 단단해져 갈 것이다.

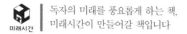

독자의 미래를 풍요롭게 하는 책,
미래시간이 만들어갈 책입니다

나무늘보처럼,
슬렁슬렁

느리지만 단단해질 나를 위한 에세이

1판 1쇄 인쇄 2015년 4월 10일
1판 2쇄 발행 2017년 9월 30일

지은이 비하인드
펴낸이 이부원 **펴낸곳** 미래시간
출판등록 제2012-000053호
주소 제주특별자치도 서귀포시 남원읍 신흥앞동산로 29-7
전화 (070) 4063-8166 **이메일** nuna0604@naver.com
총괄 서정 **마케팅** 이국남
디자인 이유진 **일러스트** 설찌 **사진** 플리커, 비하인드
기획·책임편집 미래시간 편집부

ISBN 978-89-98895-05-1 03810